U0902400

于谦动物园

于谦 著

果麦文化 出品

目录

开园

鸣虫馆

杂食动物区

草食动物区

飞禽馆

游客注意

开园

沾沾锦鲤的福

去年我跟朋友一块儿到养锦鲤的渔场玩儿去，我看一条锦鲤不错，就买了，非常好看，红白！养锦鲤的朋友都知道这是个两段红白。怎么叫两段红白呢？整个锦鲤全身颜色的底色是白色的，后背上有红色的斑块儿，这红色的斑块儿分成两块儿，这叫两段红白，我就买了这么一条鱼。我是非常喜欢。回来以后一高兴，专门拍了两张照片就上微博发出去了。嘿，让我没想到的是，就这条微博呀，转发量极高，比我平常发的微博转发量都大得多。

而且呢，这后边的回复百分之九十多都是招

财，什么转发了就发大财，什么转发锦鲤就招好运。我说这什么意思？因为我平常也很少上网，也不看电视什么，我说这个还发财？这挺奇怪！在网上搜了搜。呵，没想到就是那时候的事儿。在我发微博之前也就两三个月，好像锦鲤突然就火了。反正谁发一锦鲤都转，说是转完了以后能发财、能有好运。我心想，甭说转了，我这就养着好多锦鲤呢，我也没见着发财啊，哈哈！就是个寓意吧，我觉得不管真发财假发财，都是向往好的生活的这么一种愿望，挺好。

其实锦鲤说起来就是花鲤鱼，真的，这一点儿不假，就是花鲤鱼。花鲤鱼就咱们吃的那鲤鱼，您看那个鱼，后背都是青色儿的，肚子底下稍微有点泛白，尾巴尖上稍微挂点红，就是那个鲤鱼。一般的鲤鱼尾巴尖上有点红，但是本身鲤鱼就有很多颜色，红的呀、金黄的呀。

所谓的锦鲤，实际上按品种说，就是鲤鱼。鲤鱼自古在咱们中国就代表着吉祥啊、如意啊、福禄啊、飞黄腾达啊这么个意思。而且本身它又是鱼，又取年年有余这么一说，每年都有余粮。咱们农业国家嘛，都是农民，我们希望过日子每年都能有余粮，这是多好的生活。取这么一个吉祥如意的意思。

鲤鱼自古就有好的寓意，包括咱们每年过春节贴那年画，您看有的年画上，一大胖小子，要不就抱着一个大红鲤鱼，要不就骑着一个大红鲤鱼，都代表年年有余的意思。有的大胖小子抱着一大鲤鱼，旁边站着一老头，这老寿星，右手拄着一根桃木树杈，上面挂着个葫芦，左手托着个寿桃，这都有好的意义在里边，年年有余，福禄寿。为什么大家都玩葫芦？这也是一种好的寓意，葫芦，取谐音福禄。寿桃，这是延年益寿、长生不老这么个意思。这吉祥画儿、年画儿上面就这么几个寓意。

说起这年画儿来，之前我还赶上一特可乐的事儿。有一天，我在家没事，就坐着正看电视呢，突然朋友来一个短信：“谦哥，我刚才出去买年画儿去，买完了年画儿，人家送了我一张。”送了一张什么啊？过了一会儿，他给我拍了张照片，发给我。我一看：我！年画上印的是我抱着一条大鲤鱼。哈哈，这一看我就乐了。我说这谁啊，还印这年画儿啊？我一想，这倒也确实。抱着一鱼，我也姓于，可不年年有余嘛！但是你们哪见过五十岁的大胖小子呀，哈哈……

“谦哥儿，所以说您得看看怎么找找他，跟人说说？”我跟谁说啊，谁不得过个年啊，大伙高兴就得了呗！后来我一看啊，那张照片是人P上去的。那张照片我知道，很有印象。那是大前年，中国马术协会授予我儿童马术推广大使的称号，那次在我马场开了一个会，在那儿我抱着一个刚生下来的小马驹儿，照了这么张照片。他把那马驹儿给P下去了，P上一条鱼，做了这么个年画儿。我一看这也挺好，乐呵乐呵吧！

不过从这儿您就能看得出来，这鲤鱼啊，自

古在我们中国就是招财纳福的这么一个吉祥物。这老话儿大家都听说过吧，叫鲤鱼跳龙门，实际上就寓意金榜题名、飞黄腾达。

其实按我的了解，中国人很早很早就开始养这种所谓的锦鲤，就是红的、黄的这种鱼，那不就是锦鲤吗？

据说唐朝养锦鲤就已经很普遍了，但是后来为什么养的人就少了呢？我觉得啊，因为中国人后来就迷上金鱼了。有人说金鱼跟锦鲤有什么不同呢？这，我跟您普及一点小知识。咱们说的锦鲤，是鲤鱼，金鱼是鲫鱼。就现在，有的女士生小孩坐月子，为了下奶，说熬点鲫鱼汤，就这鲫鱼！本身鲫鱼个儿就小，而且也有多种颜色，它本身也自带红色、金色，然后再经过咱们历代的养鱼专家们、玩主儿们，定向培养，才有各种的颜色和品种。什么绒球啊、虎头啊、狮子头啊、水泡啊、望天儿啊，品种很多。后来呢，又传到日本等地。现在又出来很多新的品种，以前没有的，兰寿啊、金背啊各个品种。

其实鲫鱼发展成金鱼早就开始了，最早的养金鲫鱼的记载是在晋朝。晋朝有一条金鲫鱼，养在一个寺庙里边儿。从那开始，咱们中国人开始定向培养。因为鲫鱼本身体形不大，咱们又不是放在河里边儿池子里边儿养，那时候养鱼是用缸，本身缸的体积就不大，它在里边儿活动不开，所以它只能是往短粗了发育，不能往大了长，慢慢地，它的身体就变得又粗又壮。然后呢，咱们再看看它的个体差异。尾巴，从一个尾巴发展到俩尾巴，从俩尾巴发展到四个尾巴。实际上这种审美都是咱们对人的审美。您看呐，现在的金鱼四个大尾巴在后面飘着，大胖身子一拧一拧一扭一扭地往前游着，不就是古代的这么一个美女，窈窈窕窕的，一步一扭地在往前走？实际上就是这么个审美转化过来的。这说起来都是有根源的。

我觉得中国人在审美方面可能稍微崇尚一

点畸形美，您看挺好的鲫鱼给变成那样，对吧？挺好的这个树吧，给弄成盆景了，拿铁丝这摽一块那摽一块，弄成七扭八歪的那样儿。挺好的狗吧，长鼻子、大耳朵，给弄成瘪鼻子，弄成京巴儿那样了。包括女人裹小脚，实际上我觉得都是中国人对畸形美的一种崇尚。

说远了哈，咱们还说回来鱼。其实后来我觉得中国人之所以在锦鲤上没有太多的发展，实际上他们的爱好偏了，开始喜欢鲫鱼了，从鲫鱼发展成金鱼。而金鱼是现在真正代表咱们中国的一种文化。

后来这各种花色的锦鲤传到日本以后，在日本倒真正发展起来了，它跟日本的各种品种的鱼杂交以后，变成一种五彩斑斓的鲤鱼。它虽然在体形上没有发生太大的变化，但在花色上有进步，发展了。

一直到17世纪，这些五颜六色的锦鲤，通过历代的杂交，形成一个品种稳定的红白，这么一个花色。这品种一出来，一下就轰动日本了。因为什么呢？因为日本的国旗就是红白。

日本玩锦鲤的人有一个说法嘛，叫始于红白，止于红白。就是你喜欢玩的时候，你刚有爱好的时候，你喜欢的就是红白，你到真正玩儿深了以后，你最后还是喜欢红白，而这种东西特别养眼，也确实好看。

要说起锦鲤来，不好养，特别难养。您别看河里哪儿都是鲤鱼。尤其是锦鲤繁殖量还高，据说谁把锦鲤带到美国去了，美国的锦鲤都成灾了，也没人吃。而且锦鲤在那河里边，把当地的鱼种都挤得没的吃，都死了。

但是河里行，咱们真正要自己养锦鲤，确实是挺难养。光照啊、温度啊、湿度啊、气候变化啊、水深水浅啊、水质怎么样啊、怎么喂食啊，光这些就讲究太多了。一个弄不好，这就死了，真正玩儿鱼的朋友们跟我说："嗨，我跟你说吧，说起来复杂也复杂，但是说起来简单也简单。养鱼你就记住了，养鱼就是养水，水质好了，鱼就活了，水好了，鱼就好了。”我说怎么叫养水？水跟水还有什么区别吗？哎哟，区别大了，刚从自来水管子里边放出来的水，带氯气，里边有漂白粉，再加上它的各种各样的含量，pH值，酸度碱度……哎哟，这都讲究很多很多的。

我们刚开始养鱼的时候，包括现在，您要真是买个新缸或者新鱼盆，里边要搁鱼的时候，放上水以后首先要蹲几天。什么叫蹲几天？玩儿鱼的叫蹲水，一个桶里边您接上自来水，这个水一定要搁个一两天，把氯气都散发出去，您再把这水搁在鱼盆里。搁在鱼盆里边，您还不敢搁您那鱼，因为您买的肯定是您认为不错的、您喜欢的或者是价钱高的好鱼。那鱼您还不敢搁，您一定要放破鱼，自由市场几毛钱、块把钱一条的那个，您先买几条放那里头。

当然也得经过消毒，拿高锰酸钾水泡一泡，把菌杀一杀，然后放到里边儿，您先养个半个月一个月。说这一盆水是个死水，里边一放鱼，这水就活了，怎么叫活了呢？在养鱼的人这个观念里边，鱼一下去，它吃东西，它排便，里边儿包括给它的各种分解酶啊，水质就起生意了，产生一种变化，它自然就有一种循环。如果这个鱼养个半个月一个月没事儿，把它捞出来，您再把好鱼放进去。那个鱼呢，我们给它起了个名叫闯缸鱼，新缸它进去先闯一圈儿去，它没事，好鱼再进来。就这样。

我的马场，我自己砌了个池子，池子不大，大概两米乘两米吧。这么一方池子，深就得一米五，水面得宽，水深得够。这样养鱼呢，鱼的颜色才正，通过光照啊，四壁上再生点儿青苔，看着有透感。里面的青苔，黑绿黑绿的，衬着锦鲤的颜色，看着太漂亮了！

刚才说了，鲤鱼的繁殖力很强，但是真正好锦鲤特别难得。因为什么？它的基因不是很稳定，每条鱼一产子儿一甩子儿的时候，能甩个几十万尾，甚至上百万尾，一下就一片。但是真正花色分布均匀的、上品的，可能这几十上百万尾里边一年出不了两三条。所以这也就是现在锦鲤的价格，尤其是好锦鲤的价格为什么那么高的原因，因为它淘汰率太高了。

但是锦鲤它是一个长寿的鱼，如果您养好了，没灾没病的情况下，一般的锦鲤都能活个七八十年。据记载，日本有一条锦鲤叫花子，它活了二百零二岁。人家说，一般的人您熬不过它。

所以呢，养锦鲤，是一种修身养性，也寄寓了一种好的祝福，同时也是平常闲的时候对自己的一种陶冶，我觉得挺好。有时间的朋友们都可以培养一下这类的兴趣。不管大缸小盆，弄两条锦鲤，花里胡哨的，跟里边一游，对自己修身养性呀，很有好处。

鸣虫馆

蛐蛐儿

今天早晨啊，心里有个挺别扭的事儿。什么事儿呀？其实也没什么大事，就我养的一个蛐蛐儿，死了。

每天早晨，只要是没什么事，我这在家就把好玩儿的东西先鼓捣一遍，该擦擦，该涮涮，该拾掇拾掇。今儿早上也是，起了床没什么事，好容易在家闲一天，拾掇东西。到蛐蛐儿罐这儿，我一打开，得，两只蛐蛐儿，死了一只。哎呀，还挺心疼，养的时辰不少了，养好长时间了。

说起这蛐蛐儿还挺有来历，是大年初三初四人送的。我们每年初三初四，固定地在天津人民体育馆那个小馆，有两场演出。因为郭老师是天津人嘛，我们定下了每年初三初四，郭德纲回乡省亲，这么两场演出。

已经坚持了十几年了，今年初三初四又到那儿去演出。我们俩刚上场，哎哟，底下的观众朋友们热情啊。咱们天津就是曲艺之乡嘛，观众对相声也喜爱，又懂行，特别热情。当然也不知道什么时候啊，落下这么个习惯，底下听相声的粉丝们，小姑娘小伙子，这一高兴了，就往上送东西。这按郭老师话讲，每场都跟收货似的，家里开一小卖部都能支应得了。嚯，送了一台东西。其中有这么一个姑娘，上来拿了一个纸袋子，说："于老师，给您的啊，这是给您的礼物。"

我说："得了，谢谢，谢谢啊。"我就赶紧过去给接过来啊，接过来一看，这纸袋子里放的全是纸铰成的那个纸条，就跟缠在一块儿的绳头似的，在台上也没来得及看，掂在手里还有点分量，我就搁在那儿了。

下台以后我专门找助理，我就说，刚才台上有一个朋友送我一纸袋子，那纸袋子里边全是纸条，细的，有那么一厘米左右，挺长，攒在一块儿，我说你把它拿来，我看看是什么东西。他就给我取过来了。取过来后，我拿到后台，一看，这纸条翻开了，底下有俩蛐蛐儿罐，上面盖的铁盖儿，拿皮筋勒好了。我一看，这是蛐蛐儿啊。打开一看，果不其然，一个罐里边有那么一条蛐蛐儿。嘿，好看，漂亮！颜色那叫冰糖紫啊（我说的都是蛐蛐儿啊、油葫芦啊，玩鸣虫的这行里边的行话）。

冰糖紫是个什么颜色呢？咱们小时候吃那冰糖啊，它不是现在的白色儿的，它里边有含糖的那种杂质，稍微带点儿颜色，就是发紫的那么个色儿，有点半透明，淡淡的紫色。玩鸣虫的管这种颜色，就叫冰糖紫。

好看，挺精神！我一想，这位朋友肯定是知道我爱好这个，送了俩这个，还挺新颖，我也很喜欢。冬天，这散了场以后拿回家，第二天还演，也不敢给它搁车上啊，我这又往酒店里拿，然后随身带着，又往后台里搬，搬完了以后演完出还得搁车上带家去。哎，那我也喜欢。从天津演出回来到北京，我一直带在身上。到了北京，搁在那精心喂养，后来呢，这……唉。

这话说回来，这个东西，咱们老百姓也叫百日虫，怎么叫百日虫？秋虫嘛，据说它自打生下来，一直到死，就是一百天的工夫，仨月。您说整仨月吗，就严格地到一百天就死了？倒也不是。

养得好的，喂得好的，给的食水也足，温度也适合，什么都不缺，营养均衡的那个，也能活个四个月五个月。但是养不好的，就像我这条……为什么伤心别扭呢？指不定什么时候落食落水了。您想想，初三送的我，到现在也就俩来月的工夫，人过中年，就不幸逝世了，所以挺心疼。

我真喜欢这个，咱玩儿的这个叫鸣虫。怎么叫鸣虫呢？它能听叫，能叫唤，尤其蛐蛐儿，叫唤的声音还好听，又不吵，而且声音还不小。就这种叫声，特别好，让您听着心旷神怡。所以，从古至今，很多人都喜欢养蛐蛐儿。

怎么叫蛐蛐儿？嗨，老百姓给起的名字，能起什么上档次、有琢磨头、有含义的？没有。他就听这个叫声起的。蛐蛐儿怎么叫啊？曲曲曲曲曲曲曲，就这么叫，哈哈，所以听这叫声起的名儿。怎么叫？那就叫蛐蛐儿吧。有好些这种东西，都是按照它的叫声起的。蛐蛐儿是典型的一个，蝈蝈儿也一样啊，蝈蝈儿怎么叫？蝈蝈蝈蝈蝈蝈，一听这么叫，叫蝈蝈儿吧。

还有老北京，咱北方，那蝉。蝉是大名，小名叫什么？叫伏天。老百姓到夏天了，到六月三伏了，大太阳晒着，那大树下一站，您听听，伏天又叫了，伏天怎么叫？伏天伏天伏天，就这么叫。那起名儿就叫伏天得了，也正应时当令，大夏天的，这蝉一鸣，心烦气躁的，这外边本身也是三伏天，就叫伏天吧。所以好些民间起的名字都是通过它的叫声起的。

实际上，蛐蛐儿小名叫蛐蛐儿，大名叫什么？一说您都知道，叫蟋蟀。一提起蟋蟀，可能真正玩的朋友就都知道了。蟋蟀可是咱们所养的宠物里边，可能算是比较高贵的这么一种了。它可受过皇家的礼遇。历代的帝王有很多爱玩蟋蟀的。您说这蟋蟀怎么个玩儿法啊？我觉得，就两个玩儿法。

首先就是斗，斗蟋蟀。都说蟋蟀是斗虫嘛，您说养蟋蟀，没有说一个罐里养俩、养仨，都一个罐里养一个。野外也是都在小墙洞里啊、砖头瓦块底下的小洞里边那么躲着，见着就斗，只要俩公的见一块儿就得掐，掐死为止，就那么厉害，所以都管它叫斗虫。养它也是为了斗、赌，掐蛐蛐儿，斗蟋蟀。

养蟋蟀的历史啊，从现在看来，可能一直能

追溯到唐朝，唐朝就有记载了，唐太宗就养蛐蛐儿。他养蛐蛐儿可能不是为了斗，也不是为了听叫，您说唐太宗养蛐蛐儿干吗啊？他养蛐蛐儿，为了治失眠。蛐蛐儿还能治失眠？您瞧，人家就是为了治失眠嘛！据记载，唐太宗李世民呐，有严重的失眠症，睡不着觉，怎么弄都不成，就是睡不着，大半夜俩眼瞪在那儿，熬鹰。

当时呢，有一个大画家叫阎立本，给皇上出了这么一个主意，他给皇上找来两条蛐蛐儿，说您把这搁床底下，您听着它的声儿，就睡着了。皇上说行吗，这没声儿我都睡不着，你甭说有俩蛐蛐儿这么叫唤着？阎立本说您试试。一试果不其然，睡得特别好，失眠症治愈了。

就听蛐蛐儿叫唤治失眠症，咱现在想起来也有道理。蛐蛐儿叫唤平缓，对吧？这个叫声是有规律的，又不吵人，现在叫白噪声嘛。现在咱们出来那种白噪声睡眠仪，就是拿这种声音来促进大家睡眠。那时候利用自然条件，昆虫发出的这种自然的声音，也照样就把这失眠症给治了。所以从那儿以后，就落下这么一个记载，就是说唐太宗那时候就养蛐蛐儿。再往后说，养蛐蛐儿的多了。

这到明宣德年间，有一个特别著名的记载，就是《聊斋志异》啊，《聊斋志异》里边有这么一章叫作《促织》。促织是什么啊？跟您说，促织就是蟋蟀，就是蛐蛐儿。怎么又出来一名儿啊？欸，这名儿就算是一个特别文雅、雅气的名字了。刚才您说蛐蛐儿叫小名，这蟋蟀叫大名。我估计可能按人来说，这促织，就是咱们古代人那字、号，往文雅的那么起叫促织，这不是瞎起的，促织有讲究。促织当什么讲？这得由蟋蟀的习性来讲起。

大家都知道，蟋蟀是秋虫。什么是秋虫？夏天没有，春天没有，冬天没有，就一立秋，这种昆虫就出来了。天刚刚一刹冷了，一立秋，这种昆虫就在野地里头、砖缝里头、墙洞里头，这么叫。曲曲曲曲，这么叫。

叫着什么呢？古代的人在这个节气，一听见这个蛐蛐儿叫，就感觉它是催促着家里边的妇女，赶快织布。织布干吗？冬天要来了，开始做棉衣，穿棉袄，预备过冬啦。尤其这蛐蛐儿白天很少叫，白天外边的噪声多，它也害怕，躲在那儿不叫。它的习性就是晚上来了，秋天的晚上一片寂静，噪声也少了，它才在砖缝墙洞里开始叫。

晚上什么活儿都没有了，男人回来也开始休息了，白天活儿也多，晚上早早开始睡觉了。欸，油灯底下，这女人，赶紧织布吧，天凉了，催促您织布，所以起这么个名字叫促织。

咱话说回来，《聊斋志异》里这《促织》，说的是怎么个故事呢？就说大明宣德年间，皇上喜欢玩儿这个蛐蛐儿、斗蛐蛐儿。这个倒不是传说，皇上确实是喜欢斗蛐蛐儿，风靡全国。您想皇上喜欢，那百官谁能不喜欢？这上行下效，百官一喜欢，那有钱人家也喜欢。有钱人家一喜欢，那普通老百姓也得喜欢，他要不喜欢谁给他们逮啊？慢慢一层一层他得往上进贡。所以大家都喜欢玩蛐蛐儿。

那时候这一条蛐蛐儿，不便宜，动辄几家的资产都买不了一个蛐蛐儿。就这么贵啊？那是得贵，您逮住一好蛐蛐儿上贡给皇上，一下您这辈子就拿下来了。不但这辈子拿下来，几辈子都拿下来了。就吃香喝辣的，升官发财换纱帽，那都指着一条蛐蛐儿，所以那时候蛐蛐儿贵。

相传呐，有这么一个农民，家里穷，突然就发现了一条好蛐蛐儿，在野地里头。哟，您想当时，都玩都养，都懂行啊。野地里，指不定翻了哪个砖缝，扒了哪个草窠，就见这么一条好蛐蛐儿。嚯，这人一下热情就来了，把这蛐蛐儿逮到家里，准备第二天献给皇上。

这要献给皇上，那可了不得。谁知家里有个小孩，这小孩岁数不大，五六岁，又淘气，正在好奇的年纪，说这蛐蛐儿那么好，我看看得了！悄悄地掀开这罐的盖子，就看了这么一眼。就这么一眼，这盖儿一打开，蛐蛐儿“腾”蹦出去了，跑了。

这还了得，家里这儿辈子就指着它呢，你把它放跑了？小孩一害怕，跳井死了。死了就完了吗？没完。《聊斋志异》嘛，它带点神话的色彩，说这小孩跳到井里边，心有不甘，一丝灵魂出窍，变成了蛐蛐儿。这蛐蛐儿就到了皇宫里，被献给了皇上。

皇上得了这么一条蛐蛐儿，开始还没在意。好家伙！逮哪个蛐蛐儿跟哪个蛐蛐儿掐，掐了就胜，战无不胜。最后说实在不行，这蛐蛐儿太厉害了，所有蛐蛐儿都掐不过，说拿一只公鸡来吧。这大公鸡就吃这昆虫啊，这是天生的克星啊，天敌。

拿只公鸡，好家伙，把公鸡都掐败了。本身公鸡就好斗啊，它又是蛐蛐儿天敌，又是克星，那也不成。是啊，那孩子变的，那可不不成嘛？甭管怎么说了，蛐蛐儿把公鸡都掐败了，呵，了不得了。皇上高兴，那叫龙颜大悦啊。赏这家子，多少多少地，多少多少钱，一下就这么富裕了。

这就是《聊斋志异》里面促织这么个故事，就讲这蛐蛐儿。

那时候在明朝就已经玩得这么疯了，不单玩得疯，专门有人给它上了谱了。历朝历代，都有那些个好总结的人，像什么猫谱啊、狗谱啊、鸽子谱啊，那蟋蟀，有蟋蟀谱。那厉害，谱里边讲蛐蛐儿什么品相是好的，头应该长什么样，翅应该长什么样，身子应该什么样，上等的应该多沉，须子应该什么样，颜色什么样，那都是有讲究的。什么是上品的，什么是中品的，什么是下品的，讲得细致极了。

这还不止一个谱，很多谱，历朝历代的，都有人撰写蟋蟀谱。一直到咱们当代的大玩家，王世襄王先生，生前专门把历朝历代的蟋蟀谱，给它总结了一个叫作《中国历代蟋蟀谱集成》，出了这么一本书。现在凡是喜欢养蛐蛐儿的，都看这本书。所谓集成，就是把所有讲到蛐蛐儿的这些东西，有用的，都给集到这一本书里边了，所以大家都看这个。

不单成谱，那些文人们、雅士们，还好个总结。北宋的文学家黄庭坚就专门为蟋蟀，总结了这么个五德，说叫蟋蟀五德。它能有什么大的德行呢？人总结出来了。

“鸣不失时，信也。”怎么叫鸣不失时啊？它叫的时候，这叫声绝对不错过这时间。什么时间？就是刚才咱们说立秋啊，到秋天才叫嘛，不到秋天不叫，到了秋天，这个肯定叫，叫鸣不失时。信也，这是守信用。

“遇敌必斗，勇也。”怎么叫遇敌必斗？刚才咱说了，蟋蟀是斗虫嘛，见着就掐，叫遇敌必斗。勇也，这是勇敢。

“伤重不降，忠也。”伤重不降，有的时候掐伤了，看着牙也掰了，腿也掉了，须子也折了，那也不投降，战死为止。这是忠，忠心耿耿。

“败则不鸣，知耻也。”玩蛐蛐儿的人都知道，掐蛐蛐儿的时候，这胜了，站在罐里头，得得得得，这么叫。那败的，不会叫，永远不叫。掐败了，没有叫的。叫“败则不鸣，知耻也”。我知道羞耻，我都掐败了，我瞎嚷嚷什么呢，对吧？

“寒则归宁，识时务也。”天凉了，天凉怎么办呢？归到洞穴里不叫了，忍起来了。天时到了，我自己知道，不是我该叫的时候了，这就叫识时务。

这么五德，您想，这还了得吗？这都是那些有学问的人给总结的。一直到现在，养蛐蛐儿还是玩家们特别爱好的这么一件事。现在也不乏其人，全国各地都有养蛐蛐儿的行家、专家。

就按现在来说，我在天津初三初四演出的时候，正好是那位姑娘送我两只蛐蛐儿那场，来了位朋友，天津的京剧名家孟广禄先生，到后台说，你这是什么呀？我说人送我蛐蛐儿。“啊？我看看。”孟广禄孟先生，那是行内知名的蛐蛐儿的玩家。呵，当时一看这蛐蛐儿，他也高兴了：我看看这到底是谁家的，我一看我就能看出来，什么品相，怎么个来历。欣赏完了跟我大谈一通，我们俩聊了得有一个多钟头，就聊蛐蛐儿这点事儿。

还有离我们更近的，说相声的老前辈，王长友王先生，那更是蛐蛐儿迷啊。每年的秋天，自己骑着自行车（那时候没有私家车），拿着钎子，拿着罩子，拿着各种工具，直接就杀过去了。不光近郊，还去外地，到山东。干吗到山东啊？这您就不知道了，连蛐蛐儿谱都有了，人家还能不总结出来全国各地哪儿的蛐蛐儿好吗？人总结出来了，哪儿蛐蛐儿好啊？山东宁津，现在还有这地方，山东宁津县，那个地方出的蛐蛐儿，全国各地首屈一指，厉害，能掐，能斗！所以每年到立秋，王长友王先生骑着自行车，拿着东西就一路下去，开始逮蛐蛐儿，这多大瘾呐！

直到后来，跟王先生聊天，说有这么一趣事儿。那时候哈尔滨曲艺团要把王先生调过去，调到哈尔滨。呵，团里关系也办好了，房子也分好了，工资也定好了，什么都弄好了，这一纸调令也都下来了。王先生在家里收拾东西，收拾到这坛蛐蛐儿罐，突然想起来了，就问旁边人：欸，你说，哈尔滨有蛐蛐儿吗？

人给问愣了，说：哈尔滨没蛐蛐儿。那地方太冷，没蛐蛐儿。

哦，没蛐蛐儿啊，跟他们团长说吧，我不去了。

好家伙！什么都弄好了，临到人快走了的时候，就不去了，那说不去就不去了。没蛐蛐儿！这么大的爱好，到哈尔滨玩不了了，不去了。有这么档子的事儿。

所以您说，这东西多上瘾？咱甭说再近点了，就我，我那就是纯外行玩蛐蛐儿，我也不会斗，我也不会掐，我也不会赌，我就为听叫。鸣虫嘛，有的人是喜欢逗，有的人是喜欢听叫，我就是那类的。而且我在这类里也不算专家，每年我就是养那么几个蛐蛐儿，养几个蝈蝈儿，养几个油葫芦。每年一到秋天我都养这么几个，听听叫，然后这个过程一直能到冬天，我觉得这挺好。

怎么好呢？到了冬天了，家里支上桌子，弄个涮羊肉，火锅一支，尤其是外边再飘着雪花，这吃着涮肉，喝着小酒，旁边这个秋天的虫子一叫唤，哎呀，心旷神怡！就这种感觉，那是很多很多专门养这鸣虫的，这么一种自得其乐的方式，那种感觉太美了。

蝈蝈儿

聊完蛐蛐儿，咱们就顺便把鸣虫啊，该聊的都聊一聊。我今儿想聊聊蝈蝈儿。

蝈蝈儿是什么呀？您说您知道，别人未见能知道。这种蛐蛐儿啊，蝈蝈儿啊，包括油葫芦，也就是北方有，还不能说整个北方都有。再往北，天冷的那地方，也就没有了。

这蝈蝈儿呢，也是一种鸣虫，我估计要在我这儿呢，它得排个前两三位。头一位就是蛐蛐儿，后边就是蝈蝈儿。蝈蝈儿，这名字也是根据它的叫声起的。

身形呢，比蛐蛐儿大。您说蛐蛐儿有人见

过，大概也就是个一厘米多，两厘米。全身就是浅黑色，有的是那个深棕色或者浅棕色。蝈蝈儿就不一样了，蝈蝈儿首先它就大，它得奔着两寸左右，大个儿的得两寸多，就这么大个儿。蝈蝈儿也分很多品种，有绿的，碧绿碧绿的，好看极了，就跟假的似的，往那儿一趴。一般野生的，也有很多种类，像平常玩儿的什么山青啊，草白啊，铁蝈蝈儿啊。铁蝈蝈儿色儿深，黑绿黑绿的，绿里边儿泛着黑，就那么一种，现在普遍玩儿的都是这种蝈蝈儿。

像山青、草白，现在市面上很少有了，玩儿的不是那么讲究了。这个，您真碰上专门养蛐蛐儿养蝈蝈儿的，人那儿还有。这个都是有传承的，通常一家一辈子、几辈子都是靠繁殖这种鸣虫，然后在市上卖，人家指着这个过生活，这有传承有手艺。

人那家里边，得要攒子儿，每年要留子儿。就好的那个品种，留下那个子粒，然后每年留出来，第二年繁殖，到繁殖季稍微一过了，这一拨子粒再留出来，转年再繁殖。就跟咱们玩儿马啊，玩儿狗啊，留那个好品种当那个种，这是一样的道理。人家也讲这个，没准在老的手艺人手里边，还有这个好的品种。个儿大，色儿呢比较多。但大概呢，也都是绿色儿。您像那草白啊，那就是浅绿里边泛着白色儿。

据玩儿这个的老人说，这些东西，它的品种跟地域有关。这种地域不是北京、天津，东北、南方，不是这种大地域，而是比方说这个品种在麦田里边，那个品种在山的缓坡地带，还有品种在山的缓坡地带接近平原，又是野地，又是农田，这么一种混杂的地方。

因为吃的东西不一样，水土条件不一样，才造成这么个品种差异，反正学问挺大。本身蝈蝈儿跟蛐蛐儿生长的环境就不一样。蛐蛐儿它是在那个墙洞里头、砖头瓦块底下、草窠子里头，它是不见阳光、晚上叫唤，这么一种东西。蝈蝈儿不是。它一般都是在那个灌木尖上，在树叶、草尖上，大太阳晒着的时候，它出来晒晒，招阳光。就像咱们人取暖，站在尖上，离太阳近，它得晒着舒服了，然后叫。

实际上蝈蝈儿的这种叫啊，就是为了吸引异性，为了繁殖。叫的声儿越粗越洪亮，招来的异性越多，越好繁殖下一代。

实际上严格来说，这些秋虫大部分啊，那不叫“叫”。您说养个鸟，“叫”，养个猫养个狗，“叫”，那都叫“叫”。秋虫的叫，它不是通过嘴通过嗓子，通过这个声带振动，它是靠翅膀的摩擦。您看它后背那俩翅膀了吗？您注意一下，它要叫的时候啊，它嘴不动，它是把那俩翅膀翘起来，然后摩擦振动发出声音，是这么一种发声方法。咱们听着就说叫，实际上是这么发声，不是通过嘴。

每到秋天，您站在野地里头，那儿就是一片蝈蝈儿的叫声，您到那儿找去吧。一般人，您逮蝈蝈儿还不好逮，特别难。听着声儿您去找去，到那儿您就找不着。为什么呢？蝈蝈儿，您别看它站在灌木尖上，太阳晒着，它叫。但凡一听见动静，它有一绝招，它一松这爪子啊，自己就掉到灌木根儿里头去，这是它一种自我保护的方式。逮蝈蝈儿挺难的，一般人不会的您还逮不着。

我有个朋友，逮蝈蝈儿有手艺，一逮一准儿。您说怎么逮啊？听见声儿，奔那块儿去。远远地，他眼神也好，见着灌木草的尖儿上趴着这蝈蝈儿。他盯住了，悄悄地、慢慢地过去。一听声儿啊这蝈蝈儿就不叫了，不叫他也看见了。到那儿去，左手在底下，右手在上面，这左手伸到灌木底下去，正伸在这蝈蝈儿的下边，这右手啊，在上面一晃悠。蝈蝈儿一看这影儿一动，一松开爪，一掉，正掉他手上。欸，您要等它掉下去，您还逮不着，那灌木挺大的呢，它掉到根底下，您伸手还够不着，所以就得有这么个手艺。

您说，玩什么就得学什么嘛，慢慢研究，就琢磨出这么一套手艺来。

蝈蝈儿养着干什么呀？就听叫。您说蛐蛐儿养着，斗、听叫两种玩儿法，蝈蝈儿没有。没听说有人拿俩蝈蝈儿搁那儿斗，没有。蝈蝈儿就听叫。

您说这蛐蛐儿，这是小名儿，大名儿叫蟋蟀，是吧？蝈蝈儿有没有大名儿啊，或者这蝈蝈儿就是大名儿了吗？您还真问着了，蝈蝈儿还是小名儿。才说了嘛，按照声音出来的，老百姓起的，这还是小名儿。您说蝈蝈儿大名儿叫什么？这一般人还真不知道。蝈蝈儿的大名儿叫螽（zhōng）斯。螽啊，这还生僻字，上面一个冬，底下并排两个虫字。

您要从字面上看，好像蝈蝈儿就是在冬季非常活跃的虫子。其实不是，正相反，蝈蝈儿绝对是夏天、秋天活跃的。一到冬天，就死了。怎么就死了？它过不去冬天，它就这命。您瞧，以前有个童话故事不是这么说吗，就说这个蚂蚁搁这儿，非常勤奋地在搬运粮食啊，在劳动。这旁边蝈蝈儿站在灌木尖上就是叫儿啊，玩儿啊。蚂蚁说，马上天就凉了，赶紧往家里、往窝里置办点儿吃的，做做窝，眼瞧着秋风一起，冬天来了，天儿一冷，到时候咱们好保暖好生存啊。

蝈蝈儿说你弄那干吗，对吧？咱现在多舒服。赶紧站在太阳底下，咱们一晒，一唱歌，一玩儿，多舒服啊。蚂蚁不听它的，接着干活。没过几天，秋风下来了，这天儿也凉了，蚂蚁钻到洞里边，吃着储备的粮食，在那儿睡睡觉，把冬季就熬过去了，结果蝈蝈儿呢，就死了。

这告诉大家要有远见，要有长远眼光，要勤奋。这是童话故事，说的是这么个意思，但是我觉得这故事冤枉蝈蝈儿了。那蝈蝈儿，人家不是想得不对，人家有自己的道理。怎么有自己道理？按照自己的习性，蝈蝈儿储备多少粮食，它也过不去这冬天，开春之前准死。它就这么个东西，它这寿数就在这，而且它就是这季节出来的东西。

您不信问那养蝈蝈儿的，养得再好，再食水足啊，环境好啊，温湿度合适啊，这都没用。只要一到冬天过去的时候，开春之前，蝈蝈儿准死了。所以那只是个传说。

但是呢，老百姓喜欢蝈蝈儿，因为它象征着多子多福。

这怎么蝈蝈儿象征多子多福？我一说您就知道。咱们老百姓常说：这是大肚子蝈蝈儿。对了，您要瞧见过的，您就知道，蝈蝈儿的肚子特别大。您说公的还好，肚子也就是显大，站在那儿还挺精神，一蹦挺远。母蝈蝈儿肚子更大，而且基本上往那儿一趴，肚子都贴着地，一到繁殖季节，一甩子儿，就甩那么几十个子儿，有的时候能上百，甩那么几百个子粒。

这人一看，嚯，这一生，生这么多孩子，那不就多子多福嘛，是吧？所以呢，老百姓也好养这个，它最起码图个吉利啊。不单老百姓好养，就只要沾着这么个吉利话，谁都喜欢。

不知道您去过台湾没有？台湾台北“故宫博物院”，里边展出这么一个奇珍异宝，叫翡翠白菜，这是咱们故宫出去的。这棵翡翠白菜全世界闻名，这一个玉，底下是白的，上边是绿的，这些能工巧匠们，按着白菜那个形给雕的。上面是叶，下边是帮，栩栩如生。欸，唯独在这白菜叶上啊，那个绿的上面，趴着一蝈蝈儿，人家就独具匠心嘛，对吧？这蝈蝈儿趴在白菜上，栩栩如生，非常漂亮，同时又有这么种意思，叫多子多福。

这是当初，一个妃子的殿里边摆的这么一个东西。后来辗转到了台北“故宫博物院”，我曾经去过，看过这么一眼。嚯，排大队。一个展厅里边一个展柜，玻璃罩子里边，罩着翡翠白菜，同时还有一块，长得特别像炖肉的那么一块石头。这俩在一块儿搁着。

多子多福，寓意好啊，所以皇家也喜欢这个。到了秋天，弄几个蝈蝈儿，搁家里边听叫。我倒不是为了多子多福了，我就是为了有这么个叫唤的声儿，养着好玩。小时候我就养，不是现在开始的。小时候我记得卖蝈蝈儿的，都是夏天，不像现在，现在养蝈蝈儿都是反季节。

怎么叫反季节？这蝈蝈儿本身是夏天的东西，您夏天到野地里头听去，满地儿都是蝈蝈儿叫。一到秋天，那只能是白天，中午十二点到下午三点，您能听听蝈蝈儿叫。为什么呢？太阳足的时候，它出来晒太阳，接点儿热气，一高兴了它叫唤。您真到早上起来，或者天擦黑的时候，阳光一斜，冷气一上来，它就冻僵了，它就掉到地底下去了，这劲儿就快完了。

真正蝈蝈儿活跃的季节，是夏天。那为什么一到秋天养蝈蝈儿？要不刚才说反季节嘛，您说夏天满山都是蝈蝈儿，您去逮个蝈蝈儿去，那还有什么意思？

就到冬天了，外边也没了，那时候真正繁殖这个鸣虫的手艺人，人家在自己家里边，繁殖出来这蝈蝈儿。然后拿到您这儿来，天都已经大冷了，不管是揣在怀里边，搁在家里边，外边北风呼啸，屋里一听蝈蝈儿叫，那才叫反季节养，才有意思。

以前小时候不行，小时候只能在当季的时候养。那时候做这个生意的，也都不是现在这种专门养这个的，我们叫惯家儿，不是他们来养的，那都是农村想做点小生意的人，在山里、野地里逮的。一逮就逮好几十好几百，然后拿篾条啊，或者有的拿那个，老北京叫秫秸秆，秫秸秆劈下来外边那层皮子，给它弄成小细条，专门编这么个小笼。

这笼多大呢？也就大号橘子、小号橙子，这么大的小笼。专门给这蝈蝈儿搁在里头。这一下，好家伙，拿竿子挑出来，就这小笼，得弄好几百个，搁在肩上扛着，后边这好几百个小笼子，跟小山似的。那是，你不叫它叫，它不叫那个叫，哎哟，这好几百个没有不叫的时候。这响成一片，走到哪儿叫到哪儿，这买卖倒好，不用吆喝，也不用打广告。走到哪儿都知道，卖蝈蝈儿的来了。这小孩们就赶紧往出跑，管家大人要钱：哎哟，卖蝈蝈儿的来了，我去买一个去。

也不贵，几毛钱一个。就我小时候大概是一两毛钱。给他，他给你从上面摘一个小笼来，拿着玩儿去吧，这就算卖一个。小孩拿家来挂在那儿，白天晚上一叫唤，家里大人烦。那时候，好家伙，这夏天大晚上本身就睡不着觉，夜里两三点了，好容易暑气下去了，刚睡着，它这一叫唤又给吵醒了。小孩玩儿，那您怎么办呢？那时候这是小孩的一个玩意儿。

搁在家里边，您说吃什么、喂什么？胡喂。

实际上现在这蝈蝈儿喂食有讲究着呢，什么蒸熟了的胡萝卜，什么八成熟的米饭啊，再加上点面包虫、羊肉条，肉的话还得精肉，沾一点肥都不成，讲究极了。那时候不讲究，喂什么都成。什么白菜帮子啊、菠菜叶子、胡萝卜头、苹果核，剩什么就给什么。蝈蝈儿也是，它在野外也这么吃。那时候我就记得，不知哪儿传的这么一个说法，说这蝈蝈儿得喂葱，它一吃葱它就叫唤。怎么一吃葱就叫唤？辣啊。葱辣，一辣就叫唤。你以为人一辣就叫唤？小孩也不知道哪听来的，那时候就都买了那小笼，给那小蝈蝈儿挂在那儿，就管家里大人要葱。就说，来一葱，我喂蝈蝈儿去。

好玩儿，但是呢，好玩儿归好玩儿，这中间也有一个容易上当的地方。这买个蝈蝈儿，一毛来钱，还怎么上当？嘿，那人家做生意的，人懂。还有一种秋虫，长得跟蝈蝈儿差不了多少，您要不仔细分辨啊，根本分辨不清楚。这还是知道蝈蝈儿长什么样，那要不知道蝈蝈儿长什么样，对它那长相稍微含糊一点的，您根本就分不出来。它只不过就是翅膀稍微比蝈蝈儿的翅膀长一点。有人说，翅膀长点儿，那不就是长长了？不是。蝈蝈儿的翅膀永远是在它后背的上边，它绝对不会超过屁股去。那个不成，那个脸啊、身材各方面长得都跟蝈蝈儿一样，就是它的翅膀比屁股长，超过后背的那屁股尖了。

那种虫儿飞得好，也能叫，但是叫的声儿就不行。怎么不行啊？蝈蝈儿也叫，它也叫，能差哪儿去？所以说人养什么还都是有讲究的。您看所有养的东西，不管叫声大小，它都不吵人，有一种韵律在里头。那虫儿不成，叫唤吵人，您怎么听怎么烦，听了心烦意乱的。

所以那个东西呢，以前老百姓给它起了个外号，就叫“叫驴”。您想着叫驴那声儿得多闹腾？它就那么闹腾。您要买着那个，那就算上了当了。您说蝈蝈儿，吵得大人睡不着觉，那这个，吵得街坊邻居都睡不着觉。声儿还大，还烦还乱。整个夏天夜里本身就心烦意乱的，浑身燥热，气急睡不着，再听它啊，这个非得打孩子不可，就那么闹得慌。

实际上啊，养蝈蝈儿养蛐蛐儿，包括油葫芦，讲究多极了。就是有钱人讲究，没钱人将就。刚才咱们说的那些都是将就的玩儿法，弄一小蝈蝈儿，弄一小笼子，喂点儿葱叶。这真正讲究的啊，特别讲究。咱们中国人就是食不厌精，脍不厌细。玩儿也是，怎么细致怎么来。所谓的人无我有嘛，您说蝈蝈儿，那我就找稀有品种玩儿。另外，这个饲养蝈蝈儿的笼子，这个葫芦、这个罐儿，那也分很多种，特别讲究。

油葫芦

前面咱们聊了聊鸣虫。实际上我也不算行家，只不过就是喜欢，平常养着玩一玩儿，真正的要往深入地了解，了解它的养法呀、更深一层次的东西呀，那您真得找专家。咱们就属于闲聊天儿！

除了前面聊的蛐蛐儿、蝈蝈儿，老北京还有一种经常玩儿的，就叫油葫芦。

油葫芦，也是小名。油葫芦大名叫什么，这还真没考证过，咱们还真没有研究过。其实我觉得油葫芦可能也就是蟋蟀的一种，因为它长相特别像蛐蛐儿。它跟蛐蛐儿有什么区别？当然还是有区别啊，蛐蛐儿是蛐蛐儿，油葫芦是油葫芦！本身，油葫芦比蛐蛐儿个儿就大，这得到两厘米以上，小三厘米，这是真正个儿大的油葫芦。而且基本上野外的油葫芦就是通体黢黑，身上反着光，看着跟刚从油罐子里边儿捞出来似的油亮油亮的，要不怎么叫“油葫芦”呢！看着也好看。脑门上也有特点，带一个白色的八字儿，这是油葫芦跟蛐蛐儿特别明显的分别——它身上黑呀，再带那八字儿就特别明显。

最关键一个，油葫芦您乍一看它是三根尾巴——一般蛐蛐儿是两根尾巴。咱们常玩蛐蛐儿的说那叫“尾儿”，所谓“探尾儿回头”嘛！蛐蛐儿油葫芦就这习惯，您拿那探子一扑棱这尾儿，稍微一扫它那个尾巴，它就回头。以前玩，小时候都说“哎，探尾儿回头”。那尾儿，油葫芦是三个。其实中间那个不叫尾儿，不是尾巴，是它翅膀延伸出来的这么一块，看着就跟三个似的。

这一类的秋虫，包括蛐蛐儿、蝈蝈儿，凡

是咱们听叫的、掐的，都是公的，因为只有公的才叫。上次咱们说了，是为了求偶。它一叫，招那个母蝈蝈儿、母蛐蛐儿、母油葫芦过来交配，是为了求偶。公的都是两个尾巴，母的才是三个尾巴，小时候叫“三尾儿大扎枪”嘛，后边那是一根枪。这枪是干什么用的呢？是为了产子儿用的。

一般到了秋天入冬，到了交配季节，看谁叫得好听、谁叫的声儿大，然后把母的招来交配。这母的交配完了呢，肚子里就有子儿啦，然后把后边这根棍，这根枪，扎到土里，您说这劲儿也不小！找那合适的温度、合适的光照，找那么个合适的地方，这母的临到产子儿的时候，把后面那根枪扎到土里去，把子儿甩到土层下边，这样呢就能适应冬天那个很凉的温度，一到春天、夏天温度合适的时候，子粒就慢慢地孵化出来，从土里爬出来，这就是来年的小的蛐蛐儿、蝈蝈儿、油葫芦。它就这么个繁殖过程。所以说咱们平常看那个蛐蛐儿、蝈蝈儿、油葫芦，听叫的、掐的、玩儿的，都是公的。

但人真正地饲养、繁殖这个的，母的比公的贵。牵扯到繁殖那可厉害！一代一代留子儿，一代一代提纯，一代一代驯养。您刚从野外逮的那个它野啊，乱蹦！它没有经过驯化过程。它是经过几代以后，慢慢地，就跟咱们这个家畜似的，从野生的一直驯化到家养的。得经过几代、十几代以后，子粒慢慢地就驯化了，它就适应那种罐儿啊，适应那种喂啊，它才不是那么闹。您说就这么点一小罐儿这么点一小葫芦，这要野生的搁在里边，一蹦，噼里啪啦的，它也没工夫叫。所以还得有个驯化过程。

老驯化、老是这点子儿繁殖，它也近亲了。所以人家还得定期从野外逮那个好的、公的，跟家里边儿几代驯化出来的母的来繁殖、来杂交，这样保证它的子粒的纯度，同时又能保证驯化的成果，哎！这也挺麻烦。所以呢，真正搞饲养、繁殖的，人家是卖公的，母的绝对不出手。就跟咱平常玩猫、狗、鸽子是一样的，多么纯正的血统（鸽子叫“我这多好的窝份”），带着我自己驯化的这种特点，等于是我传承的一个优势，轻易不给别人。所以说这个也是保证自己成果的一种方式，我觉得挺好。所以咱们平常看的、买的那些都是公的。

蛐蛐儿和油葫芦刚才咱说了，个儿大小不一样，色儿不一样，所以吃的也不一样。这油葫芦身上老是油光瓦亮的，所以它吃也是拣那油性大的吃。当然您说给来二斤煲羊肉肯定是不行了（那给我吃差不多！），它呢，吃像什么大豆，就咱们说那黄豆，里边含油量很大，咱平常吃的那个豆油，就是大豆里边榨出来的油。而且偶尔还得吃点肉，那种细的、瘦的羊肉丝儿。真正玩这个的，专门每天的配餐、食物的配比，也讲究着呢，咱们弄不了这个，就养俩听听叫就完了。油葫芦吃的东西也不一样，跟蛐蛐儿蝈蝈儿都不一样。

您说叫声？叫声就更不一样了！那要跟蛐蛐儿蝈蝈儿一样，咱还养油葫芦干吗，是吧？

叫声怎么不一样？您说这蛐蛐儿啊，咱们上次说了，唐太宗用它来治失眠。为什么它能治失眠呢？就是蛐蛐儿的叫声它比较平缓，比较单一，“曲曲曲曲”老是一个节奏地叫。油葫芦不是的，叫声就有抑扬顿挫了。

实际上，我琢磨，“油葫芦”也是老百姓给它起的小名，也是按照声音这么来的。它“呦呦呦呦嘟”还打个嘟噜后边，“呦呦呦呦嘟”“呦呦呦呦嘟”……所以它叫“油葫芦”。我是这么想啊！不知道对不对。

叫声好听。以前养这个的，专门说这一口气能叫多少个“呦呦呦呦嘟”“呦呦呦呦嘟”，能叫多少个“油葫芦”。那时候老人们说：你听我这个吧！咱这油葫芦好，十三呦！就是这一口气能叫十三个“油葫芦”，十三个反复，然后才歇呢，那您想想，得坚持少说也好几分钟啊，这多过瘾呢！而且它有抑扬顿挫，听着那么舒坦，而且不吵人。那有韵律了嘛，这个叫声跟蛐蛐儿、蝈蝈儿都满不一样。

另外咱们上次说了，有工夫咱们聊聊养这些东西的器具。

器具太讲究了。咱们古代到现在，养这个的东西专门有一个名词，叫作匏（páo）器。什么叫匏器？大致说就是，葫芦做的东西，叫匏器。之前不讲究的时候，或者咱老百姓不讲究的人家里头，上次咱们说了养蝈蝈儿弄个竹篾编的小笼，那是平常玩儿。

有的人啊，养蝈蝈儿用那个冰棍棍儿。咱们小时候吃那冰棍棍儿挺细的，吃完冰棍剩下那根棍儿，手巧的人也玩得好，给蝈蝈儿编小笼子。那也挺费劲的，您说自个儿吃，得吃多少冰棍才能编这么一笼子？我们小时候天天上小卖部门口，干吗去？满地捡那个冰棍棍儿去！人吃完了扔地下了，捡起来，攒这么几十根啊百十来根啊回去把它洗干净，挨个儿码好喽，拿万能胶给它粘起来，横的竖的怎么弄，给它粘起来，粘完了以后还专门有小门呐，这怎么弄个锁，怎么掀这门，把蝈蝈儿搁进去，门还得别上。嚯，粘出来也挺好看！但是这都是自己玩，您搁在家里头、挂在窗台上、挂在院里头都没有问题，但是真正讲究的人是揣到怀里头。揣怀里头，这冰棍棍儿就不行了，搁怀里多扎得慌，对不对？再有一个，蝈蝈儿、蛐蛐儿虽然小，它也得排泄呀，也得吃东西啊。您说就弄个大豆，喂油葫芦的，像上次咱们说喂蝈蝈儿得弄个葱，喂蛐蛐儿得弄米饭粒儿，您搁在这里头，掉一身也不合适。万一它吃了它还得拉呢，拉到怀里就是屎，也不行，虽然这没多大，也不太脏，但是也闹得慌！所以人家真讲究的，尤其以前皇上也玩这个，就专门制作匏器——葫芦。

有记载的，康熙。康熙是喜欢这个，专门在

皇宫里开出一片地来种葫芦，专门请把式来给葫芦套模！怎么还套模啊？那是啊，您说葫芦长什么样？咱那个小丫丫葫芦，葫芦底下肚子大、上面肚子小，中间还有个小腰，挺细，那玩意儿怎么养这个啊？它钻都钻不进去。所以得给套模，让它长什么形它长什么形，让葫芦上面有什么花儿它就可以有什么花，这就是模子的功用。用瓦做的，用石膏做的，用宣纸做的，用草纸做的，各式各样的，这个模子上面有各种各样的画片，喜鹊登枝啊，喜鹊登梅啊，松鼠偷葡萄啊，松鹤延年啊，呵，反正老的、吉祥的那些东西，都可以往上刻！近年来又发展了，什么都有了，什么八骏图啊就这类似的，现代的慢慢发展起来，非常漂亮，非常讲究。

您说为什么拿葫芦养？第一葫芦它能随形，随你模子的形儿。再有一个呢，它还有一个功用。葫芦不像平常的木头，木头的质地密呀，葫芦皮质地松。为什么要松好呢？松产生共振，能出音。而且本身再好的葫芦，只要形儿不好，也不能被选用来养这些东西。

您说形儿是什么形儿？什么形儿都成，但是有这么一最关键的问题，就是得跟喇叭似的，得跟个音箱似的，它这个形儿对产生共鸣、对声音的往出扩散，有一定的好处，有一定的助力。这样的形儿才算好形儿，它的功用就在这儿嘛。里边的虫子一叫，本身声不大，通过这个共振，然后喇叭的扩散，让您听到声音很大，最起码比它在外边叫听着声儿好听！声儿大，这样才叫好葫芦。没有这功用，它搁在里头还不如不搁里头呢，这葫芦做得再好也不能称其为好。

所以说，一个是美观，一个是实用，这都是并列的，都得讲究，厉害极了！

再加上口盖。这些盖儿啊，有黄杨的，有红木的，这些东西好玩，越讲究越不嫌讲究！那皇上玩儿的，玳瑁的、象牙的，嚯，那可就厉害了！这东西自古就有传承，现在您在很多拍卖行啊古董店啊，甚至大玩家手里收藏的东西，都有一系列的这些东西。包括前一段时间，大的拍卖行拍卖过一次北京的大玩家王世襄先生家里收藏的一系列的匏器，真好！那是宫里头皇上玩儿的，看着漂亮，现在卖得也很贵。这东西讲究太多，咱就不一一说了，反正这是一系列，养蝈蝈儿的、养油葫芦的、养蛐蛐儿的，各自形状还不一样。

在真的玩儿的人里头，蛐蛐儿叫白虫，油葫芦叫黑虫。养蝈蝈儿的呢就叫蝈蝈儿葫芦。人要说，这葫芦白虫、那葫芦黑虫，您要真听到这么说的，现在就明白了。说这白虫葫芦，养什么？养蛐蛐儿！说这养黑虫的，养什么？养黑虫就是养油葫芦的。说这葫芦不错，蝈蝈儿葫芦！那您一听明白了，不用我再解释了，对吧？各自有各自的行话，人家不叫蛐蛐儿、油葫芦。所以玩儿是玩儿，玩儿家是玩儿家。以上这是器具的东西。

咱们现在说，为什么要养虫啊？是怎么着，这古代人就想起养虫来了，尤其是这个鸣虫、秋虫？

玩儿个猫玩儿个狗啊，它有功用，是吧？现在叫玩儿，以前家里养猫养狗都是有用处的，养猫是逮耗子，养狗是看家。您现在说弄个猫，弄个狗，都叫玩儿，现在年轻人叫吸猫、撸狗。以前玩儿的功能少、陪伴的功能少，主要还是养狗看门，养猫拿耗子。那您说养虫干吗？我还真分析了分析，现在感觉养虫没什么，就是玩儿，以前还真有用。

我觉得啊，自古中国就是一个农耕文化的国家，农业国家嘛，而且以前不像现在似的有日历，手机上也有时间、月份牌，今儿星期几一看就知道。以前不介，以前没有这么方便的划分时间、季节这么个东西，那完全就靠着看天儿。有经验的农民，种地的时候都得看天儿。您说春天咱们就说“清明前后种瓜点豆”，有这么句俗话。什么叫清明？清明是几儿啊？现在您翻开日历，这一天就清明，对吧，前后这几天，咱们就可以种瓜点豆了，就可以种一些农作物了，适合这个季节的咱们就可以种了。以前哪天清明啊？哪天立夏啊？哪天处暑啊？哪天冬至啊？都得看节气。

咱说点题外话啊，节气是什么？节气就是咱们农历的时节，老百姓专门看这个来安排自己一年的生活。二十四个节气，有个顺口溜，叫作：

春雨蛰（惊）春清谷天，夏满芒夏暑相连。
秋处白（露）秋寒霜降，冬雪雪冬小大寒。

就这么二十四个节气，按照这个节气，安排一年什么时候该种什么，什么时候该收什么。什么时候天暖和了，虫子就从土里爬出来了，都按照这个走。

咱话说回来，这个节气它没有那么明显的区

分，所以农民就在大自然中找些能预示着这个节气到了的这么个标志。那么虫子的叫声，就是人家衡量这个日子到没到的一个重要的标志。今天蝈蝈儿叫了，这节气到了！今天蛐蛐儿叫了，那就是秋天了，这节气到了！该干什么干什么，所以这是个用来衡量节气、算时间的一个标志。我是这么认为啊！以前人们养这个就能够区分节气，为了方便。当然现在养的我觉得就是玩儿了，当然玩儿也有玩儿的意境，上次咱们说过这块，就不重复了。

现在人养的就少。没事年轻人谁养虫子啊？没事兜里揣个蝈蝈儿，揣个油葫芦，小年轻也不好看。第一个，现在都讲究瘦啊、穿着漂亮啊、贴身啊合体啊，再合体的衣服，揣一蝈蝈儿葫芦，这儿鼓一块它也难看。现在人年轻人都要美，人家就不弄这个。这是我觉得现在不养的原因之一。

再有一个，就是咱们说，信息量大了。我没事上歌厅多好，我出去唱会儿歌、上上网、玩玩儿游戏，朋友一块约约喝喝酒，干点什么不行，我非养一虫干吗？

关键信息量大，周边的城市也嘈杂，所以犯不上再靠养它来找乐。您说古人养？古人养确实是，第一没有这么大信息量；第二，宽袍大袖的它也好掖；第三呢，我觉得这是最关键的一点——古人啊，心静。当然了，心静也跟信息量小有关系，但是确实古人心静，他能够沉得下来，踏踏实实地琢磨一件事儿。而且呢，就这种小虫子，揣到怀里一叫，真是叫给自己听的！这种揣在上衣口袋里左右的，心脏部位，揣在这儿，虫子适宜的温度正好是人的体温；揣在这儿，叫声不大，自己叫唤给自己听。在一个安静的环境下，自己听着这种声音，它是跟自身心灵的一种沟通。我觉得这是养虫人追求的最终目的。

再有一个周边的原因，养这它干净。最起码比猫比狗干净！咱说句最糙的话，那个一拉屎拉多大一摊，这个才拉多点啊？它干净。

再有一个，吃得少。现在不显了，养猫养狗养什么都有，是吧？那时候可不一样，真穷家那自己还吃不饱呢，您一顿给它来二斤牛肉，肯定不成，可像虫子这东西，有俩米饭粒它能吃一天。这吃得少也是原因之一，其他原因咱就不说了。

我刚才说那个——解决人的寂寞，跟人的心灵有这么一个小小的、温暖的沟通，我觉得这是最大的追求。所以呢，现在我还想劝劝各位年轻朋友，真的如果您没事的时候，到了秋天冬天，也很方便，市场上就有卖的，花不了多少钱，买两条蛐蛐儿、油葫芦或者是蝈蝈儿，搁在家里边，您稍微地体验一下，没准就能找着了这么一种心灵之际的感觉。

杂食动物区

猪

好像我的印象当中，猪在人脑子里边儿，不是什么特别好的一个形象。包括它历史上的传说呀，包括现实当中有些调侃啊，一些俏皮话儿啊，好像都不太好。

今天咱们不妨聊一聊猪。

猪的形象，好像老给人懒惰啊、笨啊、蠢啊这种感觉。其实不然，我觉得从历史到现在，猪一直在蒙受着一种不白之冤。我查了一些资料，据科学家分析，中国人在上古时期，在没有出现龙的图腾崇拜之前，人们崇拜的就是猪的图腾。明朝的晚期有一种龙的形象，这个龙的鼻子是猪鼻子，专门有出土的玉件儿叫作猪鼻龙嘛，非常非常有名的一个出土文物。包括咱们红山文化时代，专门就有猪龙，整个龙的形象实际上就是个猪。

所以呢，猪也是咱们中国人最早驯化的家畜，可以说在中国人当中，猪的形象是深入人心的。

各位想一想，“家”字儿怎么写？一个宝盖儿，底下一个豕（shǐ）。哎，豕是什么？就是猪的意思。所以说分析这个“家”字咱就明白了，有猪的地方，才称其为家。猪在人心目中的概念，它已经融入中国的文字里边儿了，所以我觉得猪一直在蒙受着不白之冤。

另外，现代医学发展，跟猪也有很大的关系。据科学家分析，猪的DNA，跟人的DNA是最像的，特别特别像。包括最早医学家开始研究的时候，猜想说人如果得了病，比如心脏得了病要换心脏，他们最先考虑的就是用猪的心脏来给人移植。因为DNA太相近了，所以把猪的心脏移植在人的身体上，它的排斥反应可能相对要更小。

因为什么呢？首先是一些饮食习惯，猪跟人特别像。人吃什么猪就可以吃什么，对吧？现在有些养猪的，像有些农村，喂的东西都是泔水。什么叫泔水？就是人吃剩的，搁在那儿给猪吃嘛，猪的饮食习惯和人接近。再有，住房。人住的是房子，猪呢住的是猪圈。但是您琢磨啊，这猪圈跟人的房子是很相似的，它也是房子的那么个造型，对吧？外边还有一个小院，有露天的，有室内的，所以说住房跟人也相似。

大伙儿有时候一提猪圈就比较烦，说里边又脏又臭，其实那是人给它营造的一个生存环境。猪呢，不是像咱们想象的那样，实际上猪本身是非常好干净的一种动物。现在有的朋友就自己在家养猪嘛，包括我就养过，我就深有体会。那时候逛市场看见，哎哟，小香猪不错，挺有意思的，买回家养着去吧，反正也长不大，十几斤，就这么一个小玩意儿弄过来养多好玩儿啊。结果呢，没了解一情况，这小香猪呢，是，呆萌呆萌的，体形也不大，但是这东西，不能让它吃饱了。您要控制它的饮食，它老这么大；您要让它吃饱了，这玩意儿也长。

我拿回来，我哪舍得不让它吃饱了？嚯，食水、饲料，就家里吃什么都给！哎哟，没过多少日子，一百八十多斤了。好家伙，这家里头实在没法养了。您说猪是挺好干净的，您给它地上铺个毯子，就跟狗似的嘛，弄个大的窝啊，它也在里边。而且跟人也很亲，亲和力也很强，确实智商挺高，您叫它呀，它有反应，包括您训练它玩儿一些什么东西，学得也都挺快，非常非常好。但是您想想，这猪长到一百八十多斤了，它这排泄受不了啊，对吧？您说咱们还得上厕所呢，它只得在屋子里，这实在是不行。后来我没办法了，才把它送到马场，给了它一个养狗的地方，干干净净的，铺上一些东西，让它舒舒服服的，享受享受。在家里就实在养不了了。但是养猪的这段时间，我觉得猪也确实是智商高，而且好干净，跟人也很亲。

关键呢，这个小猪，您想想，它跟人类还有一个比较相似的地方，就是它的皮肤的质感跟人类差不多——我不是说一样啊，是相似。您想想那小猪刚生出来，那小香猪，白白嫩嫩的，是吧？粉白粉白的皮肤质感，这是不是跟人挺相似？所以我觉得猪跟人的关系很近。尤其是我相信科学家说的DNA的这个事儿，可不是胡说八道，这个真是有记载的。如果DNA方面都能跟人大致相似的话，那么它跟人的关系肯定不会太远。

我再说一个大家都熟悉的书。《西游记》，大家都熟悉，那是中国的四大名著之一，一说大家都知道。大家回想一下里边儿的主要人物：唐僧、孙猴儿、八戒、沙僧，还有一个白龙马，我觉得这本书，已经把猪提升到一个很高的位置啦。您想想这些角色里边，那就是一个神、一个猴、一个猪、一个人、一个马，并且他们最后都成佛了，都修成正果了。尤其是这个八戒，猪八戒叫猪刚鬣啊，最后封的是净坛使者。什么叫净坛使者？开始封他这个净坛使者的时候，书里边写了，他还不太满意。孙悟空斗战胜佛，别的都是什么这个佛那个佛，封他一净坛使者，他不太满意，他就问悟空说什么叫净坛使者，这差事是干吗的？后来佛祖给解释，净坛使者就是所有上供的东西，都由他来打扫，都由他来吃。

呵，他一听这个高兴了，就愿意了！呵呵，尽快就述职了！这供品，跟咱们平常的泔水，概念可不一样，那上供的东西可是好东西。有的时候，朋友还给我这儿送点儿，说这给孩子吃吧，这是供品，撤下来的桃儿、苹果呀，什么水果之类的点心啊，说这叫贡尖儿，给孩子吃特别好，有寓意，能够给孩子一种祝福。这贡尖儿，是专门送礼用的，您想想，八戒成了这净坛使者以后，他得吃多少好东西。

我记得在八几年，那时候《西游记》刚刚拍

成电视剧，嚯，风靡全国，大家伙儿呀全都看。包括到现在，寒暑假呀什么的，1986年版的《西游记》还在重复播放，孩子们还是爱看，不单孩子，大人也爱看。

影视圈做过一个统计，那时候播放《西游记》，里边儿所有的角色，唐僧、孙悟空、猪八戒、沙和尚，包括白龙马，大家喜爱程度最高的实际上是猪八戒，尤其是女孩儿们，喜欢八戒这个形象。后来他们就分析调查，说为什么喜欢猪八戒呢，尤其是女孩怎么那么喜欢猪八戒呢？调查结果出来以后，大家很吃惊，说这猪八戒特别特别符合模范老公的形象。

这个猪的形象，怎么会符合老公形象，而且还是个好老公呢？人家分析得有道理，说老公得过一辈子，不是找一小帅哥天天看脸就能过一辈子的，对吧？主要是性格好，长得呢过得去就得了。猪八戒就符合这一条件，性格好。

性格怎么个好呢？您想想，猪八戒虽然有点

儿懒，有点儿笨，有点儿馋，但是这都不是大毛病，他有很多好的地方。真正干活的时候他不惜力，您想他在高老庄，给高员外、高小姐家里干活的时候，这几亩地几亩地，拿鼻子一拱，半天就干完了，那是绝对不惜力的。所以您要是居家过日子，有这么一不惜力的老公，该干什么干什么，家里活儿都不耽误，这多好啊，是吧？

第二点，猪八戒可能是有色心，但是呢，更关键的一点，咱们现在说叫色大胆小，老怕人发现。所以只限于有点儿色心，胆子小，媳妇儿一说马上就回家了，哎，提拎着耳朵他也不反抗，只要谁一戳穿他马上就挺害羞，甭管是一点儿想法什么的，就还挺不好意思的，所以说他不惹事儿。这是一点。

再有一个呢，猪八戒恋家，这一点我觉得是当一个好老公的关键。不管走到哪儿，老想着家，十万八千里，西天取经这一道儿上，就想着回高老庄，甭管遇到点什么事，就想着回高老庄过他那小日子去。

所以这三点综合起来，他确实是一个居家过日子的好男人形象。女孩们喜欢他就一点儿都不为过，一点儿都不奇怪。

虽然在生活中，人们给了猪那么多不公平的待遇，但是为什么猪的形象又那么深入人心？从古代猪的图腾到各种传说、典故，猪的形象在人们心中占了这么重要的位置？我觉得啊，好像猪的这种思维，这种感觉，也确实符合咱们中国人的某种理念。怎么说呢？您想，中国是个农业国家嘛，咱们都是农民，农民的观念是什么呢？大部分人就是两亩地、一头牛、孩子老婆热炕头，这么一种知足常乐的观念。我觉得这挺好。所以猪才能够在人们心目当中占有这么重要的位置，是吧？

再者说了，猪也并不全是那种负面的形象，它也有好的说法啊。比如我说一个，叫“朱笔题名”。怎么叫朱笔题名呢？以前考试考好了，中了什么状元、榜眼、探花了，考头几名了，这叫朱笔题名。现在咱们考试也是。有的家里说，孩子明天高考，这头天给炖俩猪蹄吧。干吗非炖猪蹄啊？这猪蹄的猪，和那朱笔的朱谐音。以前判卷不是用朱笔嘛，蘸着朱砂来判卷，这朱笔的朱、朱砂的朱，和猪蹄的这个猪谐音。朱笔题名的这个题呢，又和猪蹄的蹄谐音，这又是一个好的彩头嘛。朱笔题名，炖俩猪蹄吃，预示着明天考试能够不挂科，一战成功，取得好成绩，不就是一好彩头吗？

通灵犬（1）

看过我书的朋友可能有印象，《玩儿》里边有一章，就是主要介绍的我的长毛这条狗，那章的名字叫作“通灵之犬”，这狗啊，干了很多让人意想不到的事。

这只狗呢，是我很多年前养的，那时候还没有马场，我在大兴弄了一个小院，不大，专门养狗啊养鸽子呀。那是发展我这些爱好的初始阶段，有这么个小院。这小院那时候也是刚刚建起来，基本上什么动物都还没有往里填充的时候，有朋友知道我这有个小院，上我这串个门喝个茶，然后给我带了一条狗，这条狗叫长毛。

在那儿，一直养了大概三年，就赶上我这小院搬到大院，就是现在的马场，嚯！这一下院子面积就大了。把它拉过去之后，我心想，这么熟的狗了，跟你的关系这么近了，又这么通人性，这么善解人意，我就没把它拴上，把它散放了。谁知道啊，我这一松开这绳子呀，“噌”的一下，找不着了！我那院子也大，当时那个院子里也没什么建筑，只有一排马厩和一排工人住的房。那时候还没有什么工人，只有一个管理人员。有的时候那排房就我去住一间，或者朋友们，谁去住一间，就这么点建筑，还有一些鸽舍呀什么乱七八糟的东西。这个狗就跑了，找不着了，不知道扎哪去了。我就赶紧找，最后在一个角落里找着了，它就趴在那儿不动了。我说不至于这么胆小、害怕吧，怎么就不动了？我说得了，甭管它了，熟悉了就出来了。

这一扎可不是一天两天，出乎我的意料。它在这个角落里边一待一个多月。它倒不是不吃不喝。白天不出来，我给它喂那个狗粮啊，这食盆水盆啊，就给它搁在院子里头。后来我看它不出来，就给它挪到它边儿上去，它白天也不吃不喝，夜里边才吃。你说我怎么知道？第二天早上过去一看，食少了，你就知道夜里边吃了。我说行了，吃就行，别饿着就行了，什么时候熟悉什么时候就出来了。

那时候我还不止它一条狗。到那儿呢，您想院子那么大，建筑又不多，工人也不多，又有十几匹马，还有二十多只羊，还有点梅花鹿。这些东西也没有住的地方，马厩倒是有，那白天也得放啊，马也得放出来，也没有围栏。鹿、羊都没有围栏，各自就散放在院里吃草，把大门一关，只要不跑出去就行。狗呢？我是怕它对人叫啊、来朋友咬人啊，或者哪怕不咬人，你别吓着人家，有的怕狗的。我就还拴在院子里边的葡萄架底下那大柱子上面。这葡萄架比较大，前后大概八个大木头桩子，才支起来这个葡萄架。这八个桩子，每个桩子底下都拴着一条狗，干吗拴那儿？没有狗舍呀。没建狗舍呢，只能拴在那儿，白天拴在那儿，晚上就都放开了，等到人一睡觉，就把狗放开，靠狗看院子。

挺好，这几个狗混得不错。一个月以后，这长毛慢慢慢慢出来了。开始出来很小心翼翼，四处看，慢慢走，压低了身子，跟第一次到一个特别陌生、有危险的地方一样，它查看，慢慢出来。又过了这么几天，慢慢熟了，就开始搁院子里头晃悠，跟那几个狗接触。

狗咱们都知道，它的祖先实际上就是狼，对吧？狼杂交驯化慢慢才形成现在家养狗的品系。这狼，是群居动物嘛，狼群有很高的社会性，它分阶层，头狼就是头狼，是管理的，普通狼就是普通狼。那么驯化到狗是什么情况，这咱们之前还不知道。打那时候开始，我才知道，狗，在这一点上，传承了狼的这个习性。

狗也有阶层。为什么呢？自打长毛出来以

后，我就看，它跟我院子里剩下的那八条狗开始打。它那个阶层决定很简单，就我把你打败了，你服了，我就领导，我就是头儿，以后你就得听我的，有什么好吃的东西我先吃，然后我就可以去指挥你、操纵你。这长毛，它跟那剩下八条狗开始慢慢就有交流了。这种交流要不就是打、掐，要不就是平常的那些小的叫声，这可能是狗的语言吧，咱们反正听不懂。

慢慢地，我们在院里边吃饭呀、喝酒呀什么的，就看见一个比较奇怪的现象。每天到黄昏的时候，也就是咱们正吃饭的时候，院子里最显眼一个空场，这个长毛啊趴在那儿，其他那八条狗都趴在长毛四周，趴成一个圆圈，然后开始互相小声地这么叫。听着就不像那个狗汪汪汪那么叫啊，就小声地跟哼唧似的，就那么叫。我说这狗干吗呢？不过这好奇一会儿也就过去了。一会儿没准儿它就带着一条狗出去了，一会儿就回来了，一会儿带另一条狗又出去了，一会儿又回来了。大家都挺好奇，但是也没有深琢磨，让它待着去呗。

直到慢慢不知道是过了多久，应该没多久，每天夜里啊，就听见哗啦哗啦狗链响。因为这狗白天都拴着嘛，晚上把这个链子给解开，在院子里看家，但是脖套上面还带着那么一两节的那个铁链。这半夜，就好像是听见铁链响。半夜里有喂马的呀，马无夜草不肥嘛，夜里三点钟也得起来喂一次。那饲养员，人夜里起来的时候就发现，这么大的院子——我那院子三十亩啊——每隔两个小时，有一只狗就要围着院墙转一圈。而且每次转还不是一条狗，都是不同的狗，这就值班的嘛，两小时一个班嘛。这很明显啊，这怎么回事？这狗怎么那么听话呀？那么懂事啊？而且这谁安排的呀？不知道。

慢慢地呢，我们有来朋友，或者我去住那一排工人房，哪个房间里边住着人，第二天早上起床的时候，一推门，准看见这个台阶底下趴着一只狗。不管您夜里边起夜，还是早晨起床活动，您一推门，那狗准在那儿。但是您看没有住人的房间，就没有这狗。它知道哪屋有人，它夜里在门口值班。哎哟，大家又很奇怪，这狗真是聪明，你养这狗不得了，哪个房间只要住人，哪个房间门口都有一条狗。嗯，这挺好。

又不知道过了多长时间，每天晚上得收这些动物啊。那马得归到马厩里面去，羊得给它弄到羊圈里边去，那个鹿啊，那时候专门有一个圈来搁鹿，每天晚上得收啊，要不夜里边出来什么动物，或者一受惊吓，它跑啊、丢啊、死啊什么的，出现损失，可不得了。所以每天晚上得干这事，得把这些动物赶到圈里去。开始啊，都是人过去干，慢慢地，不知道什么时候开始，只要人一站起来冲着马群去，几乎就是同时，跟着这人后边就有两条狗。这狗跑之字形，一个在那边走之字形，一个在这边走之字形，慢慢儿就把这马群轰到马厩里边去了。哎，你再上那边，又有另外两条狗到那羊群那边走之字形，慢慢把羊轰到羊圈里边去。后来就挺奇怪，慢慢地人就不干了，往起一站，一个意识、一个动作，那两条狗就过去了，把马就圈回去了；那俩狗就站起来，把羊就圈回去了；另外几条狗站起来把那个鹿也圈回去了。

后来我就说，不对，这个事儿，肯定有一个指挥者，要不这狗也不能这么听话，也不能这么聪明，也不能这么懂事。慢慢我就想回来，当初坐在那块空地上开会的那个状态。我说那是不是在开会？咱们分析啊（因为人和狗的语言也不通，你也不能问呐！），咱就想那是不是在开会。后来我就特意观察了一下，我认为是在开会，它给所有的狗开会：这个你干吗，那个你干吗，你有什么工作，你今天晚上应该盯哪儿。它这站起来，带着狗出去，一会儿回来，也是有说法的。您想咱人开会：

“你今天晚上去总经理办公室值班啊。”

“哪儿是总经理办公室？”

“你瞧，你待这么长时间了，你怎么不知道哪儿是总经理办公室啊？”

“这我还真没注意。”

“走，我带你看看去！”

（到总经理办公室门口）“就这，这就是，今天晚上就在这值班，知道了吗？”

“知道了。”

“走，回去接着开会去！”

我是这样想啊。我特意观察了一下，还真是！我分析得还挺有道理。直到有一天，我是真证明了我的分析是有道理的。

那个时候啊，我们隔壁的院子是个养猪场，人家来得早，在这做了好几年了，我们刚来，来了以后呢就把那个侧门给封住了，两家就不从这走了。但是两家是好朋友，他们从另一个门走，我们也走另一个门，中间这个墙就算封住了。拿一个大铁门隔开，大铁门底下呢，它是漏的呀。

以前人那个院子有很多狗，看家。我们刚来人家就——最起码人家那狗想的是，这来了一堆陌生人，是吧？占了我们的地方了，所以就老在那个门底下叫唤。我们养的一堆狗估计想的是，我们到这来了，这就是我们家了嘛，在这生活挺好的，你们老叫什么呀？所以老在这门底下，两拨狗就这么对峙着，就成了仇人了几乎，每天夜里叫，一叫一宿，所有的人都睡不好，就一直这么僵持着。

直到有一天我正好在，早上起来我一推门，哟，我门前没狗，没有值班的。我说这个总经理门口怎么落岗了，是吧？怎么没有值班的了？我一看别的房间，有的有，有的没有。我说这大伙都醒了吗，怎么回事啊？这时，打院子里跑过来四条狗，我说怎么就四条了？这值班的都不在了？只有院子里边留了四条狗，各处分散着，那五个呢？一长毛和另外四个没有了。这时候大伙就找，满院子找不着，最后找到大门那儿，没想到昨天晚上啊，这门没关严，露了个小缝。然后，正纳闷狗是不是跑了，就要出去找。

这工夫，长毛带着另外四只狗——两只黑背，两只藏獒，这五只狗啊，浑身是血，毛也支棱着，风风火火，眼睛都红着，就回来了。哟，我说上哪儿去了，干吗去了，这就掐得浑身都是血？赶紧检查。这狗身上倒没有什么重伤，都是皮外伤，有的血还不是在伤口那儿。正在纳闷，我说这是出什么事了？人旁边猪场那老头，平常跟我关系都挺好，那老爷子趴在墙头上跟我说，哎，谦儿！好家伙，这可出事儿了。正这一说，从墙头上一冒头，这狗呼啦一下又围过去了，就在墙底下，冲着上面就叫。

老头说这太厉害了。我说怎么了，爷们儿，出什么事了？他说你们这四个狗，那长毛带着，从这边绕过来，从我们那正门翻着墙头过去了，到我们这边，把我们家狗全都掐死了——稍微小点那狗就真咬死了，大一点的狗就咬伤了。反正轻伤的少，重伤的多，还死了几个。

哎哟！我说它带着呀，您怎么知道是它带着？他说这狗太聪明了，我亲眼看着，我劝也劝不了，根本就过不去前儿。但是我亲眼看着它指挥的，它带进来的。而且这四条狗上去掐的时候，它是这观敌料阵的，它在四周围转悠、叫唤，指挥哪个往前走，而且它插空，它找着一空当儿“噌”一下，咬一口，占着便宜就跳出圈外。一看它就是指挥者，没跑！

哎哟我这一了解，赶紧就跟人道歉，就说对不起，这也确实是，每天这狗僵持咱也没管，就出这么大一事，到时候我过去看您去啊。

给人老头先暂时打发走了，我就琢磨，几个朋友也商量，我就说这到底是不是它呀？——应该是，按老头说那应该是。我说这不对啊，动物里边的领导，包括狼群狗群，这头儿那是高大威猛，武艺超群，对吧？而且身先士卒，打仗都是它头一个冲，这个才是在动物里边能立起威望来的领导嘛，对吧？你一打架就跑旁边指挥去，那没有人听你的，这都打出来的。但是这长毛你说它是头儿，它在四周围指挥，抽冷子上，这不对啊！正说着呢，我们那哥们说，你说的也是，要不咱就把这长毛叫来，咱看看。

把长毛一叫来看看，哎哟，发现了，这长毛啊，母狗，怀孕了！您瞧这事儿，它知道它身子不便利：这个阶段我不能身先士卒了，我只能坐镇指挥了，但是这便宜手我能拿。哎哟，反正一下我就很震惊，我说狗能聪明到这个程度，太棒了，对长毛从此又高看一眼。

直到长毛生了一窝小狗崽，一下生了四个，我赶紧找邻居那老大爷，我说这事对不起，出了这么大事，都不愿意，但是您瞧也是咱们把这事耽误了，让狗给解决了。我说您也别往心里去了，这俩小狗崽给您，养大了，您接着用它们看门。哎哟，老头还挺高兴，他喜欢长毛啊，他知道这狗聪明啊，又凶又灵。挺高兴，说行行行，没问题没问题，这太好了。从此以后，我们算是把这事都补过来了。

这个长毛，在我心里边，地位在所有的狗当中是第一位的，我太喜欢这狗了。所以我养了那么多的好狗，最后要慢慢地淘汰、处理、送朋友，这所有的动作都没牵扯到长毛身上。那时候我就心里边打定主意，这条狗，我一定要给它养到老，一定一直让它在我这陪伴我。打那开始有了这想法，一直到前三年，长毛寿终正寝，给它送走，从此以后我这“通灵之犬”也算是离开我了。

通灵犬（2）

我觉得咱们国内、国外喜欢狗的人都很多，而且狗跟人的渊源是很深的。

自古中国的皇室啊、贵族啊、有钱人家啊，大部分人都喜欢狗，国外也这样。您就拿欧洲那些绅士来说吧，您看那些老的电影啊，包括杂志啊、相片啊，那些绅士出门的时候，几乎算是统一着装。他们就是那风格：礼帽、燕尾服、领结、西裤、皮鞋、文明棍，然后，还得牵着一条狗。在咱们的印象当中，如果绅士出门的时候，手里要是不牵一条狗的话，好像这个绅士的形象都不完整。

我记着我看过一个故事，这故事的主人公啊，我一提，大伙儿都知道。谁啊？大科学家，牛顿！牛顿喜欢狗。

据说，牛顿这个人脾气不好，跟人的关系啊，各个方面相处得都不好。因为牛顿生下来以后，他的父亲就去世了，到他几岁的时候，他母亲也改嫁了，所以呢，他童年很不幸福。这就造成他跟人交流各方面都不顺畅，性格也比较孤僻，可能后期他还得了很严重的抑郁症。有了这些情况，所以他也没什么朋友。不单同性朋友，跟异性朋友接触得也很少。好像没有听说过，牛顿跟哪个女孩谈过恋爱。包括他有时候办一些学校啊、基金会啊，他对他底下的那些学生也都非常苛刻，态度非常不好，总是有一种目空一切、凌驾一切之上的感觉，俯视别人，时不时还用些恶毒的言语来刺激人，所以他呢脾气不好。但是唯独，他对他的狗特别好！

这还真是有记载。曾经，就是最著名的万有

引力的定律，他写这个论文的时候，就发生过一件事情。那个时候呢，电灯啊什么的都没有，只能靠一个蜡烛，支在桌子上写这个论文。您想想这种论文它很厚啊，得写很长时间。有一天正在写着呢，有朋友来说事儿，敲门，牛顿就去开门。那个时候呢，牛顿养了一只狗，这只狗跟随他很多年了，他也特别喜欢。现在看，这狗就叫博美，博美大家都知道，体形不大，是吧？小尖嘴，浑身长毛，非常聪明、非常伶俐的这么个小狗。就那时，博美好像还没进化到现在这么漂亮，大概样子差不多，但是个儿呢比现在的博美要大。

那时候牛顿养了这么一只狗，朋友来一敲门，这狗就惊醒了，惊醒了它要出去看看是谁啊，这是特别负责任的一只看家狗。但是牛顿出去的时候呢，顺手把这个里屋的门就给关上了，这狗没能跟着出去，它叫了两声，一看出不去，它就在这比较着急，急着要出去，围着这个屋子里边就转。就在它转的时候，可能碰到了那个桌子，桌子一晃悠，桌子上面的蜡倒了，蜡一倒，您想一想，火苗一歪，就把桌子上牛顿写的很厚很厚的一摞论文，就烧了，一点儿都没剩。哎呀，等到说完事儿，牛顿回到屋里来一看，哎哟！您想他那个脾气、他跟人那种态度，大家想出了这么大的事儿，他一定得火冒三丈啊。

没有！

牛顿，他对人那样，对狗还真不是。书里边记载，牛顿当时抱起他这只小狗来，就说了这么一句话，说你可是闯了大祸了。说完了以后呢，牛顿就……没事了，过去了，也没对这狗如何如何。怎么训斥、怎么打骂，都没有，这事就过去了。但是事儿过去了，这么大的一个工作成果，这付之一炬给烧了，牛顿的心里还是很难受，以至于一病不起，卧床很长很长时间调理身体，这个精神啊，可受了很大的伤害。等到养好了以后，一年之后，这个论文才问世，才写成。万有引力这个大的定律，才出现在世人面前。就是这么个故事，您想，这么个人，他都能对狗这种态度。

您想狗，这跟人的关系，它能跟人产生极其极其深厚的感情。我也一样，我也喜欢养狗，有一条比较心爱的狗。这狗不论品种，只要您跟它有很深的接触，这个狗又很聪明，它又善解人意，它跟您的关系就能弄得很深，有很深的交情。

我这只狗叫长毛，说起来这只狗啊，现在已经去世了。前两年，算是寿终正寝，在我这儿，长到十三岁。作为大狗，长到十三岁，它也基本上算是寿终正寝，没有什么病。慢慢儿地走路啊、神态呀、身体各方面的机能啊，都处于一种最后衰竭的状态，去世的。我是集结了我们马场所有的工人，给它举行了一个简单的悼念仪式，最后埋在我马场了，算是对它最终的一个追忆，挺好。到现在我还记得它的故事，印象特别深。您听完这故事您就觉得，哎呀，这是一只狗干的吗？简直太聪明了，太善解人意了。今天呢，您要有兴趣，我就从头给您讲一讲。

很多年前，那时候我还没有马场，在大兴弄了一个小院，不大，专门养狗啊养鸽子呀。这小院那时候也是刚刚建起来，基本上什么动物都还没有往里填充的时候，有朋友知道我这有个小院，上我这串个门喝个茶，然后给我带了一条狗。

我说那你来吧，来咱们看看。一会儿，人家开车过来了，一下车从车上牵下一条狗来，我一看这狗，当时我也没有什么太大的惊喜，因为这狗太不起眼儿了，其貌不扬。你只能说它是个狼狗，但可能还不是纯种狼狗。那狗的俩耳朵也不是那么个向上直立的、非常精神的。这个耳朵虽然立着，但是它往两边分开，感觉比较不精神。人家给我介绍说这狗啊，名字叫长毛，我们给起的，我们已经养了三年了，非常非常好，聪明。而且这狗受过训练。我说，什么训练？他说，专门送到训练场，受过全套的训练，吃啊、叫啊，包括咬啊、蹲呐，起、跑、扑，这一切的训练它都受过，有很高的调教级别。我当时也没在意，我就说那就养着吧。像这种调教过的狗，受过训的狗，谁养都行，只要主人把他牵狗的绳子交到对方手里，那么它就能够理解到我从此以后要跟这位混了，我要离开我的主人了。

主人有的时候再交代几句，它能听明白。当时把这绳子交到我手里，确实很顺当，它也没咬我，也没什么，就跟着我走，我带着它，拉着它上哪儿它就上哪儿。我一想确实挺聪明的，就留着吧，虽然其貌不扬，对吧？但正是用人之际，我这小院新建，正缺一条看门的狗，我就留下吧，又受过训，挺好！我就拴在院中间葡萄架那柱子上。后来我说我也不在这住，这专门有个看院子的工人，那么这狗能不能认识他呢？我那朋友就说这很容易，你就让他买点儿东西喂喂它。喂它一会儿，它就能知道你了，它也跟你熟悉了，知道从此以后由你来照顾它了。

那工人还挺听话，一听完这个，扭脸儿骑车就上村里边那个小店里边买了一只烧鸡。呵！您瞧，他也喜欢狗，要不他能干这个工作吗？一听这，买只烧鸡回来，搬一小凳坐在葡萄架底下，一下一下，一块儿一块儿，把那烧鸡呀撕着，连肉带骨头就喂了狗了。您瞧，喂完以后确实就算熟悉了吧，他牵着上哪儿也成，他那儿干什么都成。咱也不知道这狗心里是怎么想的，他到底能分清楚谁是工人谁是主人吗？它真的能分清楚！

不信我往后边儿给您讲。这一天过去了，我跟朋友喝茶呀、聊天儿啊、吃饭啊，都完事儿了，我们各自回家，那么这狗和这个工人就留在这院里。基本上以后的日子就是他们俩在这儿过了。这个工人呢，住在院子的东北角，这狗拴在院子中间，院子的西南角是我的锅炉房，他每天夜里得到那锅炉房去添煤，夜里三四点钟起来，得添一下煤，要不火就灭了，屋里就冷了。就我们走当天夜里头也是，他三点来钟起来披上衣服，到那儿添煤，路过这院子，就这工夫。

这狗拴在葡萄架底下，在院子中间，一看这人影，当时就往上扑，连叫带扑，好家伙，一下就把这铁链子给挣断了。挣断了以后，一下朝人就扑过去了，把这人就扑倒在地下了。扑倒在地，它咬了吗？没有。要不怎么说受过训练的狗呢？不是说你上去就咬才是好狗，才是受过训的，不是。这狗对自己有控制。这个人不能咬，咬了要出娄子呀。你要真是对犯人，对他进行一种威胁，让他不敢跑，然后再让警察呀再让谁追上来，把他看管起来，这样才是受过训的，你真咬你给人咬坏了。

这个犯人，你逮的人，他就是所谓的嫌疑人，他也没有真正定成犯罪。你这个时候把人咬坏了，你是要负法律责任的。所以这是受过训的，扑倒了、摁着他、不咬，就冲他龇牙咧嘴，呼呼地就那么叫唤，让他也不敢起来。那狗体形也大，摁着呢一般人也起不来，再有就在您旁边就这么龇牙咧嘴地叫唤，您想想您敢动吗？就这样，我那工人从夜里三点一直被摁到早上八点，这狗也够有耐性的我觉得，就这么看着这个人，摁着，它一直能盯这么好几个小时。它盯好几个小时，压力不大我觉得，最大的压力可能就在那工人上。

这半宿被摁在那不敢动，还提心吊胆，不知道什么时候这口就咬上，那压力太大了！为什么到八点呢？八点我来啦！那时候小院新建成，心气儿又高，反正没事的时候天天去啊，看看那些怎么建呀、以后再怎么发展呀、引进什么动物啊，老有想法，有新鲜劲儿，天天到那儿喝茶吃饭，每天早上就去。那第二天也是，早早儿的，收拾完了我就去了。一推门一看，这狗，摁着这工人，我赶紧就过去，拉着这狗，就又给它拴到那儿去，把这人解放出来。这位一骨碌身儿就站起来了，好家伙，什么都没敢说。

当时就一句话：你可来了！在这摁了我半宿，夜里三点多我去添火去，它给我摁在这儿了，到现在。哎哟，我这还没工夫道歉呢，人扭脸就回屋了。回屋收拾收拾东西，把包打好了，说老板我不干了，我干不了这事儿！二话没说人就走了。您瞧，狗来了，人走了，后边再怎么招人咱就不说了。所以通过这故事，您就能看得出来。后来我也留心，狗还真是这样，能分得清楚谁是主人、谁是工人，谁是自家人、谁是外人。

不单狗，马也是。我平常很少去马场，去一趟呢跟这些动物们打打交道什么的，就能从它的眼神当中、从它和你的亲密度当中感受到，它觉得你是它的主人。平常调教、训练、饲喂啊，这些服务人员嘛，它都能认，知道是自己人：他每天喂我、照顾我什么的，他是我的好朋友，这都可以。但是天天见不说，它一定认为这是我的好朋友，但不是主人。您瞧这多神奇。从那儿开始我就觉得狗能有这么聪明，一直养着。养着养着，我跟它也有感情了。它跟我关系越来越好，我就把它撒开了，就不天天拴着了，小院里又没有别人。天天在院子里活动活动多好啊，没事儿跟我玩一玩儿啊，跑一跑，我有事的时候，它就在院子里边找个角落晒太阳，就这么待着，过得非常好。

直到有一天又发生一件事。我那院子呢是租的当地一个老大爷的，您想这个当地的农民，人家是自己家的院子出租了，又不是大院子，人那个感觉还是自己家。跟你也挺熟，所以到自己家院子推门就进。不像咱们现在到别人家去，再熟的朋友您也得敲敲门，对吧？开门。谁啊？我！啊，来来来，进来。我上你这串个门。那过程没有。人家认为就是自己家，没事吃完饭，遛遛弯推门就进来了，跟你聊会儿天人家就走。有时候你在屋里还正干着事儿吃着饭，他自己就溜达进来了。

当自己家这么串，之前一直这么串过来的，指不定什么时候就来了。这回吃饱饭了，又来了，自己家一推门，大铁门一响，这狗“噌”就冲过去。老头儿之前不知道这院里有狗，这哪儿跑来一条狗？农村人对狗也很喜欢，也养啊，也很敏感，是吧？这家养的狗没准就咬人；那家狗知道的，那个不咬人，我们可以走。这对陌生的他也很警惕，万一要咬呢，对吧？这狗一冲过来，老头赶紧就往门外跑，顺手一关门，门没关上，后腿还没出去，这狗一口照着腿肚子就下去了。

幸亏老头反应快，把这裤腿啊一直扯到膝盖以上，撕吧！幸亏没咬着。打那儿起，老头就长记性了。每次，您看别人啊，就“于谦在吗”，敲门不敲门无所谓的事，来找我的朋友都这样。每次你听到“咚咚咚、咚咚咚”规规矩矩的敲门声，也不说话，等着里边反应，问他，你谁啊？等着里边儿，就这么规矩的声音，你再开门一看吧，就是人家老大爷上你这串门来了，或者有什么事找你来了。一下就长记性。我一看这狗，成！

说实话，这个咬着人啊是不太好。一个是不

礼貌，一个是伤朋友，还得给人看病去，又牵扯精力，给人造成痛苦，你还得花钱，这确实不是什么好事。但是你说养狗看家不天经地义嘛，对吧？你养只狗就为看家的。他要来了，你把拖鞋给人叼过去了，那就没有起到看家作用。

所以说有这么一狗，作为主人来讲，心里边挺高兴，这真管用，最起码来生人，来小偷，来什么坏人，它能盯一气。觉得就非常喜欢它，对它的感情又增加了。

关于狗的故事有很多，还没有养过狗的朋友，不知道狗跟人到底能亲近到什么程度的朋友，如果您想了解，那您也养只狗，从此您就会知道。

京巴

京巴是咱们中国特别古老的一个犬种，而且呢身世显赫，可以说是我们的皇家宠物，历朝历代皇上都喜欢京巴。咱这话说回来了，皇上干吗非喜欢京巴啊？按说咱们中国古老的犬种还有不少呢，沙皮、西施，包括那冠毛犬，都是中国古老的犬种，这皇家为什么不喜欢那些呢，单门地喜欢京巴呢？这中间还真有个故事。这故事呢，得从很早很早说起。

京巴在皇室受宠，与佛教有关系。话说公元前5世纪，佛教产生于印度。这个佛教传说呀，佛祖以他强大的法力，把百兽之王狮子给驯化了。

驯化得怎么样呢？驯化得跟狗一样，能够天天跟在佛祖的身边，陪伴佛祖，非常听话。而且同时，驯化狮子的这个过程呢，就显示了佛祖的智慧与强大，法力无边——把狮子驯化了，让这个狮子能够随时陪伴在佛祖身边。这个传说一展开以后，大家就觉得这狮子同时也就慢慢被神化了——狮子老能陪伴在佛祖身边，聆听教诲，沾染佛祖的气息，也是一个灵兽了，这么一种感觉。大家也都开始崇拜狮子。

慢慢地到了东汉时期，佛教传入中国了。到了中国以后，汉明帝就想，我作为一国之君，天选之子，那叫天子嘛，对吧？我当这皇上，我怎么着得养只狮子呀，我也得跟佛祖一样，弄只狮子在身边，多好。

可是狮子大家都知道产在非洲，对吧？咱们国家没见过狮子，甚至连印象都没有，什么叫狮子呢？当时随着传说过来的对狮子的描写呀，是这样的：颈部长有浓厚鬃毛，类似于虎形的猛兽，那就是狮子。但是这没有狮子怎么办呢？当时汉明帝就找着一个狮子狗，长得就类似于描写的那样，实际上就是现在的京巴。他就感觉，嘿，这京巴，长毛，颈部长有浓密的鬃毛，这么一个小兽，是吧？那就把这个养在身边吧，这个可能就是狮子。所以汉明帝就养了这么一个狮子狗，正如佛祖身边养个狮子，这么一种感觉。

嚯！他这么一养，这王公贵族们，当时的大臣就都开始养，上行下效嘛！皇上养，大臣也养！王公贵族们就都开始养这个狮子狗，开始养京巴，这么就成风了。就类似于传说这种瑞兽是灵兽，大家伙都开始崇拜、敬仰。慢慢地，大家就开始给这个狮子造像，作画呀，雕刻呀，所以慢慢地寺庙的门口，或者是贵族之家的大门口，就开始摆现在咱们看到的这种石狮子。

您看这石狮子——您仔细观察啊，我说得有道理，这我也不是瞎编的啊，这是真有记载——实际上，它就是狮子狗。您想啊，您看《动物世界》的时候，您也看见了，那个狮子是那么趴着嘛，对吧？咱们现在大门口的石狮子都是蹲着的，只有狗，它才这么蹲着呢！两条前腿支着，两条后腿攒着，只有狗才这么蹲着。您看《动物世界》里边，狮子打猎，打完回来在那休息，大部分狮子都是趴着，两条前腿趴在前边，两条后腿攒在后边，脑袋稍微抬一点，都是那个姿势。很少有见着狮子蹲着的，对吧？所以那时候咱们的这个石狮子，它的雕像大部分是看着狮子狗雕出来的。这家家门口都摆着石狮子。嚯，还讲究呢！这边的石狮子，脚底下踩着一绣球，那么这是公的，象征着威力，狮子滚绣球嘛。大门这边的这母狮子，脚底下踩了一个小狮子，这象征什么呀？象征着子孙昌盛！这有公有母，都是这么蹲着的。这石狮子的造型实际上不是按着狮子，那时候人没见过狮子；是按着狮子狗来想象、根据传说当中那狮子的模样来雕的。

甭管怎么说吧，自从紫禁城建成了以后，这

狮子狗，皇家明确规定，民间就不许养了，这就是皇家宠物了。这象征灵兽嘛，佛祖身边的，怎么能跟着你平头老百姓身边混呢，对吧？所以首先是皇上养，第二是大臣养，到了紫禁城建成以后，全国的狮子狗必须得进贡到皇家，进贡到紫禁城里边，皇家明文规定，民间就禁养了。

尤其到了清代，清代专门设立了“养狗处”。您别乐啊，听着不靠谱，真事儿！紫禁城里专门有养狗处，它直属于内务府管理，专门给皇上养狗。那真是，最多的时候，紫禁城里边养了一百多条这个京巴，养了一百多条狗。最风靡的时候是什么时候？是慈禧太后的时候。慈禧太后喜欢狗，当时慈禧太后专门在紫禁城里边设立了一个养狗的地方，叫作“御犬厩”，马厩的“厩”，御犬厩。

嚯，慈禧太后养狗，但是她养狗啊、喜欢狗，是基于本身就信佛。一信佛，按说佛祖身边的这个狮子狗，本身是狮子呀，到这改狮子狗了，那甭管怎么说，它也代表佛祖，灵气在身上。如果有一堆狮子狗在身边转悠，它肯定随时能够让佛祖的灵气，沾染到她身上，她是这么认为的，所以她爱狗，也爱养狗。尤其是，喜欢这个狗脑袋上带一个白点，她比较注重花色。脑袋上带一白点，甚至长条的这么个白点，她觉得那个是天眼，这就开天眼了，通灵了，直接能跟佛祖说话了，这多好啊！所以她在这个京巴的花色上特别培养，甭管什么色儿的，身上长什么花纹，这脑袋上必须有一白点，这才是上上品，高端的。她喜欢。

她喜欢狗到什么份儿上？慈禧太后喜欢狗，可以说是到了误国的份儿上了，什么大事，大概狗都能决定。狗能决定？嘿，真有这事，我给您举俩例子。慈禧太后养的狗，最起码在史料上记载有两次参政，参与国家的决策。

第一个就是，咱们说，光绪皇帝是比较崇尚西方文化的嘛，所以他要组织变法。在颐和园的勤政殿，光绪皇帝召集康有为这些人，商议变法的事。这正商议着呢，就在勤政殿的东北方不远的地方，就是慈禧太后的寝宫，发生了一件事。这寝宫的名字叫“乐寿堂”，慈禧太后老佛爷住在那。听听这边议政，说是要变法。慈禧太后本身呐就犹犹豫豫的，到底是管是不管呢？这管怎么管呢？以什么借口，以什么口吻？怎么下这决心？所以慈禧太后本身这还犹犹豫豫的，因为变法本身对军事啊、对权力啊，上层的这些人士，对各个方面，都是一种格局的改动，所以慈禧太后不太愿意。

她正犹豫的时候，正好大太监李莲英来报，报什么呢？说您呐，看看吧，您那小狗啊生崽了。啊？慈禧太后一听，这小狗生崽了，马上什么都先放一边了，我先看看吧。这生崽儿，怎么个生法？生几个啊？什么花的呀？李莲英就说了，这个好，生了一只，这一胎就生了一只，是个黄色儿的，小黄狗，母的，而且最可贵的是脑门上带个白点儿。哎，我给您抱来看看！

每次慈禧太后养的这狗生了以后啊，慈禧老佛爷，都请算命的大师给她算：这一窝狗预示着什么？代表着什么？好，好在哪儿？坏，坏在哪儿？从什么方面应该注意，从什么方面应该高兴？怎么个吉祥？都得说说，有一番说道。

说这个狗算了吗？也算了。李莲英直接就抱过来了，说这个呀，预示特别好，怎么个好法呢？就说这个狗生下来，预示着唯一的一位女子，要在国家独当一面。黄色的嘛，黄色的就是咱们国家的颜色，这大清国是吧！那皇帝都用的黄色嘛。说预示着第二个武则天要重新掌权。嚯，真好！说这头上的白额，这个白点啊，是正中，不偏不倚，也不在东，也不在西，那这预示着什么呢？这预示着我们不会追随西方的模式发展，将按照我们既定的方针、原来的道路，走下去。那么生一只，生一只代表什么？生一只代表万无一失啊。您就按照这走下去，绝对没有错。慈禧太后当时很高兴，当时拍板就决定了，要阻拦这个变法。您瞧，这么大一事儿，就下只狗就定了。结果还真如她的愿了，把这变法就给阻止了。这是其中之一，一件国家的大政被狗干预了。

紧接着，光绪变法失败了，慈禧高兴了，重新掌权了，第二个武则天，对吧？执掌朝政，大权又重新到了她的手上。但是掌权归掌权，慈禧掌权那个年代，国家可以说是内忧外患，外边有八国联军，国家内部也乱，闹义和团呀。慈禧太后先是镇压，这国家内乱，必须得镇压。外边八国联军，进来多少人、想怎么攻，她倒没往心里去。您瞧，不知道人怎么想的。但是她主要是比较担心这个义和团，这窝里闹不行，先镇压。

镇压有点困难，后来大臣说您就招安吧，您把义和团先招安过来。正犹豫呢，李莲英又来了，说老佛爷，您这狗……又生了。她这狗倒是高产，甭管国家出什么大事，先生狗，这狗倒是不耽误！又生了，说这回生得好，这一窝呀生了三个。第一个老大啊，是个红色的；第二个老二啊，是个黄色的；第三个小不点啊，还是个红色的。而且这三只狗共同的特点，都是脑袋上带这么一个白点，通灵之眼！嘿，这好，我也请人算了。人家说了，这个象征着国运昌盛。红色黄色嘛，国运昌盛，就说明您执政有方。就这么干下去，非常好。

嚯，慈禧太后一听高兴了，当即拍板，我要支持义和团。您瞧，开始还镇压呢，后来招安，招安不行，改支持义和团了。那是，这事就这么定了，她一人儿说了算嘛！支持义和团。这就是第二次，慈禧养的狗参与国家大政。要说这老佛爷也是有点高的，什么事都拿狗来定，您说这好得了好不了？咱也不知道人家怎么个思路，反正照这么下去，她没好。这么说吧，1900年，八国联军攻破北京城，打到紫禁城，那还有好啊？你一切都拿狗定，那还有好啊？那肯定人打进来！

1900年攻破紫禁城，慈禧跑了。跑是跑了，哪个大臣、哪个家眷、哪个亲属都不管，都没关系。记载着，慈禧带着她最心爱的小狗，跑了。

还不是一个，您想她养那么多，肯定有几个喜爱的呀，带着狗跑的。专门有抱狗丫鬟，给拿着一堆狗，跑了。那还有其他的狗怎么办呀？那也不能让它们流落民间呀，这皇家的东西，你就……她那意思也得有气节呀，你不能流落到民间去。当时所有的狗，剩下的，都扔在井里边。还有的来不及的，就当时乱棍打死，就都糟践了。她只带着她那么几条最喜爱的，跑了。

直到慈禧太后去世的时候，全国大出殡，各种人等，官员、亲属啊，大办白事。走在最前边的，大太监李莲英，那时候李莲英已经岁数大了，但是走在棺材的最前边。李莲英走那干吗呀？抱着慈禧老佛爷生前最喜爱的那个京巴。这个黄白花的，脑袋上有个白点，您瞧啊，还是带白点。李莲英抱着走在棺材最前边，这只狗的名字叫作牡丹，取了个花的名字。这只狗要干吗呀？要给老佛爷陪葬。活狗就陪葬了？那是啊，死了陪条狗，还叫事儿啊？人要陪，也得陪进去啊！

当然这狗陪葬，还是有规矩的。这想当初宋朝宋太宗养了这么一条狗，也是喜爱的这巴儿狗，叫桃花。宋太宗临死的时候就让这桃花给他陪葬。也可能是宋太宗养桃花啊养的年头多了，这桃花跟这个宋太宗也有感情。宋太宗一死让这桃花陪葬，不知道这狗啊，是想宋太宗啊还是吓的，反正到最后陪葬的时候，这狗就死在了宋太宗的墓道门口了。哎哟，这些个大臣也都很感动：您瞧这个忠犬呀。最后用皇家用的撑伞的那种布，给这狗包起来，就真的埋在了宋太宗的身边，这狗就陪葬了。打那起立下一个规矩，什么规矩呢？就是所有的皇室的，死了以后，他养的狗都要陪葬。所以说慈禧太后这狗，也是按着规矩走，跑不了，给慈禧太后陪葬。

这么说吧，讲到这儿呢，皇室为什么喜欢这个狮子狗，为什么喜欢京巴？大家就明白了。而且也明白一道理，大清国的亡国，跟狗还真有点关系。

貂与黄鼠狼

前两天我跟外头溜达，就看见前头有个姑娘，这姑娘从后边儿看挺时尚，牛仔小短裤，吊带小背心，光脚穿着人字拖。可是怎么看怎么奇怪，怎么看怎么别扭。仔细一看啊，我发现了，是脖子上围了个貂皮围脖。这围脖还挺高级，全须儿全尾儿，整个一只貂，雪白雪白的。

记得90年代初那会儿，还真流行过一阵儿这种围脖。当然不是貂，是狐狸的，白毛，也是整个儿一只，女同志冬天围在脖子上，觉得挺时髦。貂比狐狸，按说档次应该更高点，围着大概也更暖和。可是三伏天，围个貂皮的围脖，这是为什么呀？俗话说“皮裤套棉裤，必定有缘故”，这三伏天套围脖，是肩周炎犯了吗？

我这正瞎琢磨呢，没想到那“围脖”活了，还直朝我眨巴眼儿。再一看啊，这敢情就是一只宠物貂，让人带着出来逛街放风儿来了。

这两年也真是，什么稀罕物都有人养。我就属于从小比较爱养小动物的，但充其量也就是猫啊狗啊、鱼呀鸟呀、蝈蝈儿、蛐蛐儿，往大了说养个马、养个羊，这都算比较常规的，大路货。稍微各色点的，养个乌龟、法国大蜗牛、小仓鼠、荷兰猪，这还都说得过去。再各色点儿的，养只猴儿。当年国家管得没现在这么严，个人可以养猴，侯宝林大师住东四头条那边胡同平房的时候，家里就养猴儿。那算养宠物养到极致了。

最近这几年，宠物圈儿的流行趋势好像是怎么怪怎么来，玩儿的净是国外来的东西，有的我都叫不出名儿来。最早流行的应该是龙猫，南美那边过来的一种稀罕物，说白了就是只大耗子，卖得还挺贵，当年普普通通的也得一千块钱一只。后来，那就什么都有啦，有养小香猪的，养狐狸的，养浣熊的，养蟒蛇的，养鳄鱼的，养变色龙的，养大蜘蛛、大蝎子的，一个赛着一个的新鲜。

养貂是最近这两年才兴起来的，也不是什么品种的貂都养，讲究的养雪貂，像什么安格鲁雪貂、加拿大雪貂，不是平时养了剥皮做衣服那种貂。玩儿这个的，年轻小伙子、小姑娘居多，多数都是脑袋一热，跟风儿买回去，养不了俩月就后悔了。

为什么呢？貂这种东西，毕竟不像猫、狗，跟人混的时间长了，驯化的时间长了，野性没那么大。貂不行，貂的野性大，不太容易驯服，养在家里，咬人、抓人，那是常事儿，也没有猫、狗那么听话。

打从根儿上说，古人为了对付家里边的耗子，最早驯养的两种动物就是猫和貂。养到最后，猫成功上位，貂就给淘汰出局了。这里边什么道理呢？一个就是刚才咱们说的，貂没有猫那么容易驯化，野性大，不听人的话，容易伤人。

再一个就是，貂跟老爱放臭屁的那个黄鼠狼，其实是亲戚，都属于鼬科的动物，身上也带臭味，不比黄鼠狼好闻多少。现在正规渠道卖的貂，提前都做过手术，把臭腺给摘去了。好多人图便宜，买不正规渠道卖的貂，那就等着回家闻臭味儿去吧。这图便宜不成，得正规渠道买。

乾隆丢了一只貂

养宠物貂是这两年才兴起来的，好多年轻人都愿意养，觉得特别有个性。其实吧，也不是现在才兴起来的，好儿百年以前，就有人玩儿这个东西。这事不是我瞎说，您有工夫，可以翻一翻《清实录》。

清朝皇上当时有这么个规矩，冬天在紫禁

城办公，夏天多数时间都待在圆明园，为的是凉快，能避暑。乾隆二十七年阴历六月十六，一大早儿，乾隆皇上刚起床，洗完脸、漱完口，正跟那儿坐着吃早点呢，圆明园总管太监慌慌张张跑进来报告说，乾隆最喜欢的一只宠物貂，头天夜里把铁笼子磕开，跑出去了，不知道跑哪去了。

那会儿圆明园专门有个养牲处，就是平时负责给皇上养各种宠物的这么个部门，那里边儿负责的都是太监。负责伺候这只宠物貂的太监有两个，一个叫刘顺，一个叫王福。乾隆皇上得着貂跑了的信儿以后，就让内务府把这俩太监逮起来，调查。

那时候，您想，皇上这儿也没有文明执法这么一说儿，调查，怎么调查？那就打呗。内务府把俩太监抓起来一顿胖揍，俩太监就招了。据他们交代，这只貂其实半个多月前就跑了。当时他们是想拿活的鸟给那只貂开午饭，笼子门一打开，鸟儿还没进去呢，貂先出来了，抽冷子，

“噌”一下蹿出来，跑了。

这俩太监起先的想法是，内部矛盾、内部解决，自己蔫儿不出溜地把貂再给逮回来，这事黑不提、白不提，就算混过去了。结果跟圆明园下套子，等了多半个月，连貂毛都没逮着。偏赶上这时候养牲处统一搞大检查，俩太监眼瞅着实在混不过去了，就故意自个儿拿钳子把铁丝笼子铰了个窟窿，然后就报告说，貂自己把这个铁笼子咬破了，跑了。干吗这俩太监非得这么说呢？您想呀，貂自己咬破了笼子跑了，那比他们把笼子打开给放跑了，那责任不是轻点嘛！

内务府把这事调查清楚，给的结论说，这个貂自己跑了，俩太监责任本来不大，可是他们编了一套瞎话骗皇上玩儿，这可就性质不一样了，这属于欺君之罪。所以应该每人抽一百鞭子、戴枷示众四十天、就地免职，养宠物的轻活儿别干了，重新分配工作，什么活儿脏、什么活儿累，就让他们干什么。

好家伙，这处罚完了，这事查到这，按说也就查到头儿了，可是乾隆皇上没完。可能是乾隆皇上平时让太监给偷怕了，死活不信他们俩说的话。有朋友就问了，这太监还敢偷皇上？我跟您这么说，过去太监偷皇上，那不算新鲜。现在您去北京什刹海东边，鼓楼下边儿有条地安门大街。北京过去有个说法，叫东四、西单、鼓楼前，指的是当年北京最热闹、繁华的三条商业街。这个“鼓楼前”，说的就是地安门大街。

甭往远了说，也就一百多年以前，这条大街上，最多的买卖就是古玩铺。这些古玩铺，多数的东家，用现在的话说，董事长，都是宫里的太监。太监为什么开古玩铺呢？就是为了方便从宫里偷了皇上的东西以后，出来销赃。

地安门大街那个地方守着皇城的后门儿，太监们把古玩铺开在这条街上，可以随时就近照顾自个儿的买卖。那时候真正懂行、有钱的人，买古董文玩都不去琉璃厂，全来地安门大街，这个地方真正有宫里流出来的好东西。

老话儿说，纸里包不住火。太监平时老偷东西，皇上心里也是门儿清，心里跟明镜儿似的。可话说回来，皇上，也不能老逮太监啊，那得有大人之量，有容人之仁，不能跟普通老百姓一样——早上起来，发现自己戴的扳指没了，心想，肯定是让太监偷了，那怎么办呢？吃完早点，皇上坐在太和殿大门口，跟那儿骂街：哎哟喂，这是哪个挨千刀的，死不了的，臭嘎嘣儿的，偷了我的扳指啦！你可缺了大德啦！大内侍卫跟哪儿呢，赶紧的，白吃饭啊，赶快给我找去。哎哟喂，这日子可没法儿过了……

这不像皇上，这是我们街坊老太太。

皇上不能这样。皇上嘛，就得大人不记小人过，甭说东西丢了，就是看见太监偷东西，也得假装没看见。但话又说回来，人的忍耐都是有限度的，皇上终究也是人。乾隆皇上挨了太监多半辈子偷，赶上这回，终于小宇宙爆发了，就是不相信那只貂是自己跑了的，死活认定是让这俩太监偷偷弄出去给卖了。特意下了道圣旨，让内务府别那么容易把这俩倒霉太监给放过去，继续调查。

好家伙！继续调查。怎么继续调查？继续揍啊！内务府的人也算对得起这俩太监，每天早中晚三顿打，跟吃饭一样。几天下来，这俩倒霉太监都给打烂了。就在这个当口儿，事情终于有了转机。圆明园的庄头儿主动找内务府报告情况。什么叫庄头呢？用现在的话说，就是当时圆明园里边，绿化队的领导。

据圆明园的庄头儿报告，他手底下的一个伙计，在皇上那只貂跑了的第二天早上，跟水沟里边捡着个跟黄鼠狼差不多的东西，已经淹死了。那伙计以为就是只黄鼠狼，打算捞点外快，就偷偷把皮给剥了，剩下的肉，就地给埋了。

庄头儿官儿不大，可也算圆明园里边的一级领导，得着内务府的协查通报，立马就展开内部调查，查来查去，把这事就给查出来了。后来，这庄头儿带着内务府的人，把那只貂的肉身子挖出来，连着皮，拿到乾隆面前，请皇上龙目御览。

事情弄到这个地步，所有证据都在了，乾隆皇上也不能再说什么啦。但是皇上也不能承认错误啊，只能拿内务府的人撒气，遮羞脸儿。俩小太监呢，后边挨打的事就不提了，还按内务府原先的处理意见，维持原判。您说，这不倒霉到家了吗?

黄淑女来啦

黄鼠狼和貂，咱们说了半天了，您知道这俩东西到底有什么区别吗？我跟您这么说，区别真的不是特别大，也就是毛儿的颜色不一样，放屁臭的程度不一样，再就是身材大小不一样。

咱们前边说了，黄鼠狼跟貂算亲戚，往大的范围说，都算鼬科的动物。中国人约定俗成，鼬科动物按体形分，体形大的叫貂，体形小的叫鼬，所以黄鼠狼的学名就叫黄鼬。老百姓有句俗话，黄鼠狼给鸡拜年——没安好心。这话要是换成黄鼠狼给“貂”拜年，那就得说过年走亲戚，增进感情，很正常。

黄鼠狼跟貂的习性也差不多，眼下也有个别年轻人，养黄鼠狼当宠物。这事不是我瞎说，您有工夫上网去查查、搜搜，专门有交流养黄鼠狼经验的微信群。

不过这黄鼠狼我是没养过，甭说黄鼠狼，貂我也没养过。这不是传统的养的东西，我还真不太入手。跟家养黄鼠狼玩儿这事，要说起来，也真是时代发展了，老百姓都不迷信了。要不甭往远了说，就一百年以前，都没人敢轻易招惹这玩意儿。

为什么呢？按过去民间迷信的说法，有狐、黄、白、柳、灰，五大仙儿。说白了就是五种小动物。哪五种小动物呢？狐，那不用问，指的是狐狸；黄说的就是黄鼠狼；白呢，指的是刺猬；柳说的是蛇；灰是耗子，也就是老鼠。

这五种动物，又叫五大家神，也有叫五显财神。为什么叫五大家神呢？这个事，往深了说，是满族带进关来的。当时满族跟关外的时候，有点原始部落的意思，信萨满教。现在您去东北那边旅游，还能看见有民俗表演。萨满，就是老百姓俗称的巫师、大仙儿，跟那儿跳大神。

狐狸、黄鼠狼、刺猬、蛇、耗子这五种小动物，经常生活在人类居住区的周围，有的直接就住在人家里；而且都属于夜行动物，白天不容易见着，夜里出来瞎溜达，还经常跟坟地里边溜达。古人觉得挺神秘，认为它们都是有魔力的动物，轻易不敢招惹，平时很恭敬，邪乎点儿的都当祖宗供着。

别的不说，就说狐狸。清朝的蒲松龄写了本《聊斋》，多篇讲的都是狐狸，所以《聊斋》的别名，又叫《鬼狐传》。黄鼠狼也一样。民间传说，这种动物能跟人起一种心灵感应。人要是走到哪儿看见它，假装没看见，两不相扰，那也就过去了。可要是说非得较这个劲，人盯着黄鼠狼看，黄鼠狼盯着人看，双方一对眼儿，那完了！那这人用不了多长时间，就能神经错乱，北京话讲叫撞客了，科学的解释就是发癔（yì）症。您听郭老师说《济公传》，听了也得有小十年了吧。他说的《济公传》开头，不就是济颠僧九度黄淑女吗？黄淑女就是黄鼠狼变的。

那位说了，您也别胡说，还五大家神，平时谁跟家里能看见狐狸，看见刺猬？除非您去动物园，去农村。这事儿您有所不知，现在的情况跟过去不一样。就拿北京来说，现在都是钢筋水泥的大高楼，外头是柏油马路、混凝土路面，家里是水泥墙、水泥地，您还甭说黄鼠狼、狐狸，现在想在城里找只耗子看看，都不容易。

过去不一样，过去都是老房子，平房。房子外头就是土地，大户人家还有花园，家里有点乱七八糟的小动物，很正常。您还甭说那时候了，我小时候住大杂院，时不时的，院子里也能看见各种小动物，还有人家里养的鸡、养的鸽子，夜里让黄鼠狼给背走了，那都不算新鲜事。小时候经常听说。

就连紫禁城，皇宫，那也照样都这样。现在您去故宫参观，讲解员肯定告诉您说，紫禁城总共有九千九百九十九间半的房子。为什么弄成九千九百九十九间半，不弄成一万呢？咱们中国传统文化讲究满则亏，什么事都不能干得太满，干得太满，离倒霉就不远了。

饶是这九千九百九十九间半的房子，皇上平时也住不过来。紫禁城里边有的大殿，有可能几十年，门儿都不见得打开过。防备的是万一哪天皇上心血来潮，打算用用这个大殿，我进去瞧瞧，我到那儿办回公，那就得让太监提前去开门。开了门以后，不能马上进去，得先站在门口吆喝几声，开殿喽，开殿喽。意思就是跟这五位大仙儿打个招呼，皇上要用这地方了，您老人家先挪挪窝儿，咱别互相惊扰着。

没钱就找黄鼠狼借

咱们前边说了，狐、黄、白、柳、灰，五大仙儿，又叫五显财神。北京过去有个五显财神庙，这个庙在六里桥，直到1987年还有，改成了学校。1987年，六里桥那边修路，才彻底把五显财神庙给拆了。

清朝那会儿民间有个说法，叫南有金山寺，北有五显财神庙，您就说北京六里桥的这个五显财神庙，它得多有名吧。普天之下，那么多人，财迷也得占一大部分。按当年的风俗，每年过年，京津冀这一大片的老百姓，家里有条件的，都得往六里桥的五显财神庙烧香、赶庙会。

赶庙会还不能白去，得跟五大财神“借”一个元宝。元宝当然也不是真元宝，就是个彩纸糊的，个儿挺大，得两只手捧着。庙里的和尚把这种元宝摆在神像前边，烧香的人名义上是“借”，其实是“偷”，烧完香，偷偷顺走一个元宝，也没有人管。说是“偷”，还不能白偷，得给庙里人撂下香火钱，给钱是给钱，可是又不能算买的，必须得说“偷”。当时的人就认为，只有这样，才能把财气给自己带回家去。

说到五显财神庙借元宝，我就想起侯宝林大师灶王爷那个相声了。说是老太太买了个灶王像，挺虔诚的，捧着往家走。碰见个小伙子打招呼，哟，大妈，您出去买灶王爷去啦，灶王爷多少钱买的呀？老太太听了不高兴了，年轻人不懂规矩，这是灶王爷，能说买吗，得说请。小伙子赶紧赔不是，哦，大妈，我不懂，您多少钱请的？咳，就这么个玩意儿，八毛！

您说这老太太，她到底是信灶王爷，还是不信呢？有些事说起来就是这么好玩。黄鼠狼也是，平常老百姓都拿它当神仙供着，没人敢招惹。可是过去用的毛笔里边，有那么一种高级毛笔，叫狼毫。好多人不知道，以为狼毫是拿狼的毛做的，其实不是，狼毫指的是黄鼠狼尾巴上的毛做的毛笔。

老年间，专门有人负责，每年冬天去东北那边逮黄鼠狼，把尾巴剁下来，用上头的毛给皇上做毛笔，然后进贡到北京，到紫禁城来。现在您去故宫参观，还能看见这种黄鼠狼的毛做的毛笔呢。这特别有名，据说好用，皇上那时候就用这狼毫。

草食动物区

兔子

兔子就是吐子

小时候，甭管男孩、女孩，大多数都喜欢兔子。小孩儿刚上幼儿园，阿姨教儿歌，汉语拼音都不认识呢，就会拍着手唱：“小白兔，白又白，两只耳朵竖起来，爱吃萝卜爱吃菜，蹦蹦跳跳真可爱。”

小孩也都愿意逛动物园。北京动物园里边专门还有个小动物园，养了好多兔子、小狗、鸽子、大公鸡什么的，全是哄小孩玩儿的。这地方现在还有，挨着长颈鹿馆那边，想进去，还得单买门票，单花钱。

真有那小孩儿，进了动物园，狮子、老虎、大象、河马，这些新鲜玩意儿，都不看，就愿意找小白兔玩儿。追着兔子屁股后头蹦跶几下，喂点儿白菜叶儿啊，喂点儿胡萝卜呀，就觉得挺高兴，挺满足，这趟动物园算没白来。我那小动物园也是，来了小朋友，就那几只兔子，吃菜叶都吃不过来，那菜叶、那胡萝卜扔得满地都是，没人吃。

唱了这么多年，“小白兔，白又白”，有个事儿，不知道各位平时琢磨过没有？您说这兔子，它为什么叫兔子呢？那位说了，您这纯粹就是吃饱了撑的。兔子为什么叫兔子呀？老祖宗他就这么叫的，传下来，我们也就跟着这么叫，哪儿来的那么多为什么？！

您要这么说，那我还得多问一个为什么，老祖宗他凭什么就管兔子叫兔子呢？他怎么不管兔子叫大鸭儿梨呢？

咱们刨根问底起来，这里边真有点儿学问，因为按古人的传说，兔子，它是从嘴里吐出来的，所以才叫兔子。

这件事儿不是我瞎说。西晋有个叫张华的人，特别有学问，写了本《博物志》，讲的都是些乱七八糟、犄角旮旯的新鲜事。这本书里边有这么句话，说的是兔“望月而孕，自吐其子”。这句话说的什么意思呢？

按古时候的说法，凡间所有的兔子，全是母的，没公的，就跟女儿国一样。兔子全是母的，没公的，又没地方喝子母河的水，那怎么繁育后代、下小兔子呢？人家当然也有人家的办法，这就叫小鸡儿不尿尿——各有各的道儿。

民间传说，全世界只有一只公兔子。这只公兔子跟哪儿待着呢？跟月亮里边待着，就是嫦娥怀里抱着的那只玉兔。凡间的兔子要想生小兔子，也挺省事儿，只要趁着月圆之夜，后腿站起来，前腿抱爪儿，冲着月亮作几个揖，拜上几拜，然后就有孕了。

母兔子冲着月亮行个礼，就能有小兔子，这事说起来，也挺哏儿，更哏儿的还在后头呢。母兔子有了小兔子以后，怎么把小兔子给生出来呢？人家是从嘴里给吐出来的，用河南话讲，是给哕（yuě）出来的。

哕，口字旁一个岁，说的就是吐。

所以“兔子”这两个字，最早其实应该写成“吐子”，就是拿嘴吐出来，生小兔子的意思。

话说到这儿，有人就该问了，那月亮里边那只兔子，它是怎么来的？横不能也是吐出来的吧？这话您还真说对了，月亮里边的兔子，真就是吐出来的。

《封神演义》各位都听说过吧，《封神演义》的故事也有传统评书。这个评书打从宋朝那会儿就有人说，当时叫《武王伐纣平话》。什么叫平话呢？就是说书先生用特别生活化、特别平实的语言，给听众讲历史，讲道理，用的都是大白话儿，不玩儿那些虚的、玄的。

《武王伐纣平话》是宋朝的说书先生说《封神演义》的底本，我们的行话叫梁子。据这本书记载，商纣王让苏妲己给吹了枕边风儿，把西伯侯姬昌叫过去，扣起来，扣在一个叫羑（yǒu）里的地方。这个地方现在还有，就在河南省安阳市，当年商朝的国都，有个汤阴县，汤阴县有个羑里城的遗址。

西伯侯，就是后来的周文王，给关在羑里这个地方，每天吃饱了没事干，自个儿给自个儿找乐儿，这才发明了《周易》八卦。所以您看司马迁的《史记》，开篇有个《太史公自序》，那里边就说：昔，西伯拘羑里，演《周易》。

周文王总共有仨儿子，这您只要听过《封神演义》，应该都知道。仨儿子里边的老大叫伯邑（yì）考，长子，大哥，家里出了事，肯定得多担待点儿。听说爹让人给扣了，赶紧带着东西去见商纣王，看看怎么能把周文王给赎回去。

没想到苏妲己看上伯邑考了，有点儿想法。伯邑考那人，您想，多正呀，死活不同意。苏妲己后来就设计，把伯邑考给害了，让商纣王把他给剁成了肉酱。老话儿说，杀人不过头点地。商纣王把伯邑考给剁了，还不算完，又派人把这个肉酱给周文王送过去，让他吃。

为什么非得让周文王吃自己儿子做成的肉酱呢？咱们前边说了，周文王发明了周易，会算卦，跟后来的诸葛亮一样，前知五百年，后知五百载。您心里想的什么，他掐指一算，全知道，这多吓人呀。商纣王的意思就是说让周文王吃自己儿子做成的肉酱，看他到底能不能算得出来。

一般人，明知道是自己儿子做成的肉酱，那绝对下不去嘴。周文王要是不吃，那他这卦算得就确实灵，对商纣王是个威胁，必须得把他宰了，不能放虎归山。周文王要是吃呢？那就说明他这卦算的就是蒙事儿，放回去也无所谓。

周文王，不是一般人，明明算出来肉酱是

自己儿子，心里边翻江倒海，脸上一点儿都没带出来。把碗接过去，“噔，噔，噔”，眼睛都没眨，就给吃下去了。商纣王一看，这人算卦不灵呀，放了吧，省得留在我这儿还得管饭。就把周文王给放了。

周文王硬撑着，跑出羑里城。刚出城门，哇的一口，就把吃下去的肉酱给吐出来了。这口肉酱掉在地上，当时还就活了。长耳朵、短尾巴、红眼睛、白毛儿，长着四条腿，跑得还挺快。这就是全世界第一只兔子，因为是文王吐出来的儿子，所以叫“吐子”。这只兔子后来升了仙界，就成了陪伴嫦娥的玉兔。

玉兔精是兔儿爷

您注意啊，周文王是男的，伯邑考也是男的，玉兔呢，它就也是男的，是只公兔子。话说到这儿，我就想起《西游记》来了。唐僧西天取经，九九八十一难，真正遇见的最后一个妖精，就是天竺降玉兔那回，遇见的玉兔精。

玉兔精，按道理说，那可是个老爷们儿，可他还非得要跟唐僧结婚。这事儿您细琢磨，也挺有意思。老的86版《西游记》电视剧，扮演玉兔精的是当时特别火的一位女歌星，甜歌皇后李玲玉，长得挺漂亮。她跟孙悟空动手，也就是象征性比画了那么几下。

您有空可以翻翻《西游记》小说，看看原文，那里边讲玉兔精跟孙悟空动手，说的可是脱了衣服，精赤了身子，俩人飞在天上，你来我往，打了挺长时间。精赤了身子，按现在理解，最多也就跟去游泳池似的，得穿个裤衩吧。

眼下大街上，那女的跟人闹矛盾，起冲突，动手的也有。您见过哪位是动手以前，还没怎么着呢，先给自己脱得跟过油肉似的，大光膀子，没有吧？反过来说，玉兔精是个男的，他要跟人动手的时候，脱个光膀子，那就好理解啦，这叫赤膊上阵嘛。

天上的玉兔是只公兔子，所以您看，老北京每年阴历八月十五，中秋节这天晚上祭月，大伙都得买兔儿爷，供兔儿爷，各种贡品里边，还得专门预备盘毛豆，那是给兔儿爷吃的。绝对没有人说，我买兔儿奶奶，供兔儿奶奶的。有人说了，你讲的也不对，现在网上有卖兔儿爷，也有成对儿的，兔儿爷、兔儿奶奶。

这个其实是后来老百姓瞎琢磨出来的。咱们中国人就这习惯，尤其中老年妇女，就好给人家凑个对儿。看见那耍单儿的男女青年，比自己单着都难受，想方设法，也得给俩人儿捏鼓到一块儿去。

不光喜欢给人凑对儿，还喜欢给神仙凑对儿，有灶王爷，那灶王爷自个儿单着挺难受，得了，来个灶王奶奶吧！有土地爷，就有土地奶奶；有兔儿爷呢，还就得有兔儿奶奶。实际上，传统兔儿爷和兔儿奶奶那个形象，您仔细瞧，区别真不是太大，看不出个男女来。

离开北京，往东南方向稍微走走，山东济南。人家那边中秋节也有供玉兔的习俗，当地人叫兔子王。老年间，济南人过八月节，都买兔子王，可是您花多少钱，也没地儿买这兔子王后去。

说完了民间传说，咱们再说说科学。

比写《博物志》的这个张华年代再早点，东汉年间，有个叫王充的读书人，写了本《论衡》。这本书挺有名，好多人中学上历史课，历史老师讲中国古代唯物主义，肯定绕不过王充的《论衡》。这本书也讲过兔子，比后来张华讲的稍微科学点儿。

为什么说稍微科学点儿呢？因为这本书最起码儿还承认凡间的兔子本身就分公母，只不过王充讲的那个母兔子生小兔子的方式也很神奇，原话是："兔舐（shì）雄毫而孕，及其生子，从口中出。”这话什么意思呢？就是说母兔子要想生小兔子，只要舔舔公兔子的毛，就成，然后小兔子照样还是从母兔子嘴里吐着生出来。

兔子是吐着生出来的，古人能有这么个想法，我琢磨着，他们可能也是没怎么见过大兔子生小兔子。

我小时候养过兔子，见过。兔子这东西吧，胆子特别小，要不怎么老有人说，胆儿小得跟兔子似的，兔子胆儿。

谁家要是养过兔子，住平房，有院子，地方比较宽敞，散养的，养着养着，那兔子肯定就得自己在院子里挖洞，挖得跟地道似的。最后挖完以后，钻到地底下去，也不知道什么时候它感觉安全了、舒服了，在那地方生小兔子。

要是搁在笼子里、箱子里边养，没法挖洞，那大兔子肯定不爱生，要生肯定也是拿自己的毛、干草什么的，在犄角旮旯的地方，絮个窝，尽量躲着人。每只小兔子一生出来，母兔子赶紧用嘴把它叼到前头来，舔干净了，然后塞在自己身子底下。

这个节骨眼儿上，哪位眼下要是还养兔子，您一定注意，甭管怎么着，别帮忙，千万别用手碰那刚落生儿的小兔子。为什么呢？就是因为兔子的胆子特别小，跟猫狗不一样。人手碰过的小兔子，只要沾上人味儿，它就不再认了。赶上那胆儿特别小的大兔子，没准儿直接就把小兔子给吃了。

古人那个饲养条件，轻易见不着大兔子生小兔子，最多也就能看见大兔子把刚生下来的小兔子叼过去舔。就这么个判断，这么着，才有了兔子是吐着生小兔子的说法。民间传说，兔子为什么是三瓣儿嘴呢？就是为了往外吐小兔子的时候，方便。北京还有个老妈妈论儿，说的是孕妇怀孕期间，什么肉都能吃，唯独不能吃兔子肉。吃了兔子肉，生下来的孩子就可能是兔唇。

兔子的别名叫猫

现在川菜流行全国，吃兔子肉算不上什么新鲜事。我小时候，就北京来说，还真很少有吃兔子的。为什么呢？因为兔子肉，按老话说，有股子土腥味儿，过去的人不喜欢吃。谁家要是偶尔炖只兔子，那也不能光炖兔子，必须得掺点儿别的肉，掺点猪肉、鸡肉什么的进去，一块儿炖，为的是遮兔子肉的那个味儿。

往前倒不到一百年，老北京人不管兔子叫兔子，叫猫，尤其是城外逮的野兔子，拿到市面儿上卖，就得叫野猫。有那七八十岁的老人，您跟他聊天，他可能还告诉您说，野猫是吃菜的，不吃肉。好多人都听不明白，再怎么说，野猫也是猫，哪怕逮只耗子吃，也不能啃大白菜呀？

其实呢，老北京人说的野猫，是野兔的代称。为什么得给兔子找个代称呢？因为兔儿爷除了指月亮上的玉兔，还是句骂人话。至于这句骂人话到底什么意思，您可以自己网上去查。

话说到这儿，有那爱较真儿的朋友可能还得多问一句，给兔子找代称就找代称吧，干吗非得管兔子叫猫呢？这里边也有道理，容我慢慢给您说。中国传统的纪年方式用的是天干地支。天干先不说，地支就是十二属相，好多人都会背，子鼠、丑牛、寅虎、卯兔……

您听听，卯兔，卯跟猫谐音，所以过去的人就拿猫代称兔子。这事儿说起来还挺有意思，跟咱们中国挨着的越南，也有十二属相。人家那边的十一个属相，跟中国都一样，唯独兔子是拿猫代替的。所以越南人里边，就有属猫的人。为什么越南人这么有个性呢？据说是因为他们当初听中国人说十二属相的时候，没听清楚，把卯给听成猫了。

说到天干地支，我又想起个挺有意思的事来。民间有这么个说法，就是说谁要是说话没逻辑性，糊里糊涂，上句说前门楼子，下句说胯骨轴子，哪句跟哪句都不挨着，别人就可以跟他说，得啦，歇菜吧，你也说不出个子午卯酉来。

您听听，说不出个子午卯酉，他为什么就非得说子午卯酉？十二个地支呢，说辰巳午未成不成，说申酉戌亥成不成？还真不成。为什么不成，因为这说法最早是读书人发明的。

过去的读书人，您都知道，人生最高理想就是考状元。古代科举考试，考状元，跟现在高考不一样，是三年一考。地支有十二个，就是十二年一个周期，也叫一轮。那这十二年里头，三年一考状元，总共可以考四回，具体挑的是哪几年呢？就是子、午、卯、酉，鼠年、马年、兔年、鸡年，这四年，举行科举考试。那时候读书人说别人，你说不出个子午卯酉来，意思就是这人不灵，进考场也考不出个什么来，瞎耽误工夫。

不见兔子不撒鹰

老百姓还有句俗话，叫不见兔子不撒鹰。

一百多年以前，秋冬两季架着鹰出城逮兔子，也算北京人一项挺重要的户外运动项目。鹰抓的兔子，行家一眼就能看出来。为什么呢？因为鹰抓的兔子，后胯都是烂的，连骨头都能给抓碎了。

现在您看电视上的《动物世界》，还能看见鹰抓兔子。鹰抓兔子，从天上扑下来，第一只爪子多数都抓在兔子屁股上，第二只爪子再抓脑袋，这么着就能把兔子给按在地上动不了。有那力气大的鹰，一爪子下去，就能把脊椎骨给掐断了，兔子当场就死了，或者就半身不遂了。

当然，也有那智商高的兔子，多数都是身经百战的老兔子。不是有那么句话，叫人老奸、马老滑嘛，这兔子老了一样！有经验的老兔子，看见鹰扑下来，当时就不跑了，就趴在那不动了，心里算准了鹰离它还有多远，等距离够了，就跟马尥蹶子一样，一蹬、后腿腾空，一下就把鹰给踹死了。这招儿后来让练武术的学去了，叫兔子蹬鹰。

架鹰在城外逮着兔子，拿到城里卖，没有专门的市场，一般都是找个小茶馆、小酒馆，卖家坐在那儿喝酒、喝茶，东西摆在桌子上，等买主过来问价儿。明清两朝，北京最有名的野味市场，一个在今天的地安门，鼓楼底下，还有一个在阜成门。为什么单挑这俩地方呢？因为守着城门近，城外就是大野地，打猎方便，进来就卖。

阜成门的那家叫虾米居，明朝那会儿开的业，就守着阜成门。这家小酒馆门脸儿不大，可是有两道拿手菜，别的地方还吃不着。一道是阜成门外边，护城河里现捞的河虾，拿回来剥好虾仁儿，做的清炒虾片。还有一道，就是收购的出城打猎的人打回来的新鲜野兔，做的兔脯。

一百年以前，去虾米居吃虾片、兔脯，喝两口从柳泉居趸来的地道黄酒，看看远处的西山、近处的护城河，这也算北京人的一乐儿。只可惜，大概是在1930年以后，虾米居因为经营不善，倒闭了。直到现在，您去我小时候住过的阜成门、白塔寺那边溜达，好多老人还能给您讲讲虾米居的往事。

小矮马

不少朋友说要听我讲讲马场里养的小矮马，那我就专门来聊聊。

这两天看见个新闻，看完觉得挺别扭。新闻说的什么呢？说的是为了保护设特兰矮马，英国人想出个“高招”，打算大力发展矮马养殖事业，然后拿矮马的肉做马肉香肠、马肉排、马肉干。

英国人想出这么个招儿，也有人家的道理。矮马眼下为什么越来越少呢？没人养呀。为什么没人养呢？因为除了当宠物养，实在没什么用呀。那好，咱们就想个招儿，吃马肉，让它变得有用了，大伙儿不就愿意养了吗?

这想法，也不能说不对，可是像我这种养矮马的人，从心理上确实是接受不了。人就是这样，甭管养什么动物，养的时间长了，养出感情来，那就真下不去嘴吃了。所以您看，养狗的人，一般很少有吃狗肉的。养鸽子的呢，一般也不吃鸽子，起码自己养的，不吃。

有人问了，别人养宠物都是花鸟鱼虫，猫狗，顶到头了，养个蟒蛇、鳄鱼、大蜘蛛什么的，你怎么就想起养马来了?这事儿还得从 90 年代初说起。

90年代初，中央台有个节目叫《正大综艺》，特火，好多人应该还有印象。这节目现在也还有，就是改动挺大。最早的《正大综艺》是每周日下午五点左右播，大概一个小时，内容呢，就是带着大伙儿看世界各地的新鲜事。当时的节目挺有特点，外景主持人是两位来自台湾的女士，说话带台湾腔，每次节目开始都跟大伙儿说“不看不知道，世界真奇妙”。

我就是通过这节目，看见外国人把矮马当宠物养，才知道世界上还有矮马这么种动物，心里算留下个情结。后来条件好了，自己就弄了个马场，也算圆年轻时候的一个梦。

袖珍的矿，袖珍的马

我马场里养的矮马都是英国种儿，就是前边说的，英国人打算宰了做香肠的设特兰矮马。要说起来，这种矮马原先日子过得挺惨，都是跟煤矿里待着，有可能生下来一辈子都见不着太阳。

现在的煤矿差不多都机械化、电气化了，挖煤用冲击钻，往上运煤有小火车。过去不一样，挖煤全靠镐刨，运煤只能靠人和马往上拖。马还不能用普通马，必须用矮马，为什么呢？那时候的煤矿跟现在不一样，现在煤矿巷道宽敞，人跟里边儿打滚折腾都没问题。过去的煤矿全靠手挖，比盗墓的盗洞大不了多少。人跟里边儿上上下下都得跪着爬，挖煤的时候也得跪着，根本直不了腰。所以您看，过去的老煤矿为什么都愿意招童工呢？小孩身量小，跟里边儿灵活。真要找个三百多斤的大胖子下井挖煤，爬不了多远，就得把矿井整个儿堵死了，那不成。

过去的煤矿，矿工讲究用袖珍的，马也得用袖珍的。设特兰矮马原先就是在英国的煤矿里边，拉着小车，专门负责往上运煤。后来工业革命了，挖煤全改机器了，矮马就没用了。没用了，怎么办呢？评书里边老说这么句话：天下太平，刀枪入库，马放南山。

英国挺哏儿，没把矮马放到山里，全给弄到设特兰岛上去了，让它们自生自灭。设特兰岛那地方环境差，阴冷潮湿，甭说树了，地面上连像样的草都没有。矮马放到岛上以后，全靠啃苔藓、嚼地衣，凑合活着。这么着，慢慢就演变成了设特兰矮马。这种马算是苦出身，体格跟设特兰岛上早就锻炼出来了，平时好养活，耐粗饲料，很少生病。

两栖陆战马

说到这儿，有人可能就得问了，矮马从根儿上说，就是当矿工挖煤的吗？也不是，矮马在历史上其实还算一种高科技武器。法国有个地方叫诺曼底，大伙儿差不多都知道，没去过，也听说过。二战时候有个诺曼底登陆，《拯救大兵瑞恩》《兄弟连》，这些影视作品都演过。

诺曼底为什么叫诺曼底呢？就是因为这地方原先有个古代民族叫诺曼人。1066年，当时的诺曼底公爵威廉带着诺曼人渡海到英国，把英国人打得稀里哗啦，自己当了英国国王，得了个外号叫征服者威廉，建立了英国历史上的诺曼王朝，前后总共传了四代。后来虽说让人给灭了，可是直到今天的英国王室，就是伊丽莎白二世女王、威廉王子、哈里王子这帮人，其实还跟最早的这个征服者威廉有血缘关系。

诺曼人靠什么征服的英国呢？就是小矮马。现在中国人提起洋人骑的马，一般都叫大洋马，意思就是说，外国的马，比咱们传统的蒙古马身量大。这种马的体形比较适合骑着在欧洲大陆打仗，但是上了英国那几个小岛，就玩不转了。

为什么这么说呢？去过英国的朋友都知道，那地方水多、山多，到处都是河流、沼泽地，骑着高头大马，跑不起来。所以您看讲英国古代的这类题材的电影，比如《勇敢的心》，里边人打仗的时候多数都是腿儿着。

诺曼人不一样，他们专门从阿拉伯半岛引进、培育了一种矮马。这种矮马没现在我马场里养的那种小得那么夸张，可也比驴大不了多少。那位说了，比驴大不了多少，有什么好处？它能往船上装呀！而且是连人带马一块儿往船上装。

说到这儿，您想想楚霸王项羽当初是怎么死

的。那不就是骑着乌骓（zhuī）马，跑到乌江边上，渡人，就渡不了马；渡马，就渡不了人。韩信安排的人化装成渔夫，诓着楚霸王，先渡马，再渡人。结果小船拉着乌骓马划到江心就不走了，项羽眼睁睁看着战马，就是骑不了，只能抽出宝剑，腿儿着跟汉军打仗。这才逼了个乌江自刎。

英国人当年也打算拿韩信这招对付诺曼人，打仗时候故意找有沟、有坎儿、有水的地方，隔着水面跟人家叫唤："有种你过来呀！过来呀！哈哈哈，没辙了吧？！"没想到诺曼人的马小，分量轻，随便找条小船，连人带马，两栖登陆作战，划着船就杀过来了。英国人这时候再想跑，两条腿的，怎么也跑不过四条腿的，最后就让人家给打服了。

果下马

按大类分，世界上总共就两种矮马，一种就

是诺曼人带到英国去、慢慢发展出来的设特兰矮马；还有一种就在咱们中国，我最近也盘算着弄两匹养养，这种矮马叫德保矮马。

德保矮马跟设特兰矮马不一样，从根儿上说，就属于宠物马，没干过活，更没上阵打过仗。人家的任务就是在皇宫里边，给娘娘、宫女当宠物，拉着小马车解闷玩儿。

河北保定满城县有个满城汉墓，里边埋的是中山靖王刘胜。满城汉墓出土的最有名的东西，那得说是金缕玉衣。除了金缕玉衣以外，还挖出来过两套完整的矮马骨骼，连带它们配套专用的小车。

中国历史上最早记载这种矮马的是《汉书》，当时的人管它叫果下马。为什么叫果下马呢？意思就是这种马特别矮，能在果树下边走。果树您都见过，比一般的树矮得多。

从生物学的角度来说，矮马其实更接近马的祖宗。北京天桥，我们德云社旗舰店马路斜对面，有个自然博物馆，好多人小时候都去过，那里边就有个马的进化示意图。最古老的马比狗大不了多少，而且还是吃肉的肉食动物。后来不知道怎么着，越长个儿越大，还改脾气吃素了。

所以现在您看，马的消化能力特别差，马粪里边整粒的粮食、整根的草料，都找得着。凡是养过马的人都知道，给马喂草料必须得提前拿铡刀铡成小段，这就是为了方便它消化。谁要是图省事，给马喂整棵的草，尤其是干草，那马就有可能不消化，得肠梗阻。“好草上三刀，无料也长膘”，这话就是从养马这留下来的。

山间铃响马帮来

中国原产的马天生个儿小，汉朝以后，汗血宝马、天马这些高头大马从中亚地区，就是当时的西域传进来，矮马慢慢就给淘汰了，只有广西、云南、贵州、四川这些地方还有人养。德保矮马的这个德保，指的就是广西德保，那是现在中国最著名的矮马产地。

为什么那些地区愿意养矮马呢？因为那片地方山多、水多，矮马爬山比高头大马灵活。这就跟人一样，个儿高有个儿高的好处，个儿矮也有个儿矮的优势。姚明，两米多高，打篮球占便宜，可是您要让他练艺术体操呢，那就不灵啦，真正体操运动员，都是小矮个儿，很少有超过一米八的。

中国西南地区的情况跟英国差不过，山多、水多，小个儿的矮马在那边翻山越岭，跋山涉水，它就是比高头大马占便宜。西南地区有条茶马古道，又叫南方丝绸之路，这条路上自古跑的就是南方特产的小矮马。当然，人家用的矮马也没有后来咱们当宠物养的那个矮得那么夸张。

当年茶马古道上买卖人都是牵着小矮马，驮着茶叶、丝绸这些东西，组团儿做生意，最远能从成都一直走到印度那边去。沿途边走边做生意，拿自己带的货，换当地特产的东西，一去一回都不空着手。这群人和他们的队伍就叫马帮。1954年，我父母那代人年轻时候，有个老电影叫《山间铃响马帮来》，讲的就是西南地区马帮的故事。各位有空可以看看。

御马监，惹不得

西南的马帮不光往南走，也能往北走，汉唐时期是往长安城，就是我老家西安走，明清以后，那就是往北京走了。西安和北京都是跟马特别有渊源的城市，也都留下不少带马字的地名。比如西安东大街就有两条街道，一条叫马厂子，一条叫饮马池。

一千多年以前，大唐长安城那会儿，这两个地方就是京兆驿站养马的马圈和饮马的水池。“京兆”这两个字当怎么讲呢？北京明清时代相当于市政府这个级别的部门叫顺天府，唐朝长安类似的部门就叫京兆府。《长安十二时辰》里边，“四字弟弟”演的那个李必就是京兆人。用现在的话说，就是西安当地人。

北京带马的地名就更多了。最有名的，西单往东走，有个地方叫太仆寺街。这地方明朝那会儿有个太仆寺衙门。太仆寺具体干什么的呢？就是唐朝以后设立的、国家专管养马的政府部门，算是兵部的下级单位。

清雍正三年，雍正皇帝下令把太仆寺衙门搬到现在的前门大江胡同那边去了，可是太仆寺街这地方还住过一位名人。哪位名人呢？衍圣公，就是圣人孔子的后代。那位说了，孔府不是在山东曲阜吗，北京怎么又冒出个衍圣公府来？

这事儿您有所不知，山东孔府从明朝开始，在北京也有一处宅子，最早是在东安门那边。明英宗夺门之变，复辟以后，这才从东安门搬家到太仆寺街。从那以后，历代衍圣公来北京面圣，办各种公事、私事，都是住在太仆寺街。

1919年10月，孔子的第七十六代孙，衍圣公孔令贻（yí）来北京给岳父办白事，顺便还想去紫禁城见见末代皇帝溥仪。没想到突然得了急病，最后就是在太仆寺街这个宅子里去世的。现在您有空去太仆寺街溜达，那儿有个学校叫北京外事服务职业高中，这个学校占的地方据说就是当年的衍圣公府。

西安马厂子街，那是唐朝长安城集中养马的地方。北京也有个差不多的去处，叫马相胡同，大概位置就在新街口往东，西直门内大街，天主教堂马路对面。这个地方明朝那会儿叫御马监官房胡同。

御马监，单看字面，好像就是个负责给皇帝养马的小单位，其实特别有实权，不光管马，还管明朝皇帝的御林军。熟悉明史的朋友都知道，明朝的太监厉害。所有太监里边的战斗机，那得说司礼监，明朝最有名的几个大太监，像什么王振、刘瑾、魏忠贤，全干过这个活儿。可是司礼监再厉害，轻易也不敢得罪御马监，人家手里有兵权。

马王爷三只眼

北京养马圈儿里的朋友，好多都讲究逛京北张家口的牲口市场，那地方是整个华北地区规模最大的牲畜交易中心，猪马牛羊，连骆驼都有。这个市场保留了不少老传统，最有意思的就是买卖牲口不讲价，俩人褪（tùn）着袖子，伸着手互相摸。这么做有俩意思，一个是不露财，再一个意思就是周围的人听不见双方讨价还价，不知道最低价到底是多少。跟这个人谈买卖要是没谈成，再跟别人谈的时候，还可以把价钱往高了要。

不光买卖牲口，过去好多买卖都是不说话讲价，俩人跟袖口里互相摸。最有名的，《大宅门》里边，涂二爷带着白景琦买人参，不就是摸手指头讲价吗？自打看完这电视剧以后，好多朋友都到处打听，这里边到底是怎么个门道儿。

我还真帮您打听着了，实际情况没咱们想的

那么复杂，就跟平时拿手比画数字差不多。握着拳头，代表十；单伸一个大拇指，代表五；大拇指和小拇指一块伸，意思是六；大拇指、食指、中指捏在一块，意思是七；八呢，就是食指和大拇指张开；九是食指弯个钩。其他数字就是伸手指头，俩手指头就是二，仨手指头就是三。

至于说伸仨手指头，意思到底是三十，还是三百，那全凭各人眼力。比如说，这件东西实际就值三十，卖家伸仨手指头；买家眼力差，以为是要三百，还觉得挺便宜，那卖家这把就算抄上了。

北京城里原来也有个跟张家口差不多的牲口市场，这个地方现在还有，叫骡马市大街。具体位置是在北京老宣武区，菜市口东边，我们德云社常年演出的湖广会馆，就在这条街的东口。

过去中国人都迷信，各行各业都有自己的祖师爷。比如我们说相声的祖师爷就是东方朔，汉朝人。梨园行，唱戏的，祖师爷是唐明皇，可是人家不管唐明皇叫唐明皇，叫老郎神。

卖马、养马也有自己的祖师爷，马王爷，就是三只眼那位。“马王爷，三只眼”，这话大伙儿基本都知道，您知道马王爷为什么有三只眼吗？这个根儿可以从《西游记》里边找。

《西游记》里边动不动就有二十八宿下凡。

二十八宿都是哪二十八宿呢？亢金龙、女土蝠、角木蛟、房日兔、心月狐、尾火虎、箕（jī）水豹、斗木獬（xiè）、牛金牛、氐（dī）土貉（hé）、虚日鼠、危月燕、室火猪、壁水㺄（yǔ）、奎木狼、娄金狗、胃土雉（zhì）、昴日鸡、毕月乌、觜（zī）火猴、参（shēn）水猿、井木犴（àn）、鬼金羊、柳土獐、星日马、张月鹿、翼火蛇、轸（zhěn）水蚓。

二十八宿里边的星日马就是马王爷的原型，传说他平时替玉皇大帝巡察四方，特别能明辨是非善恶。明辨是非善恶，这六个字拿嘴说好说，可是要给马王爷塑个神像，您怎么把它体现出来呢？总不能给脸上刻六个字吧？古人的逻辑就是这样：明辨，那不就是看东西看得清楚吗？怎么才能看得清楚呢？那就脸上多长个眼睛呗。这么一来，马王爷三只眼的说法就流传下来了。

过去北京骡马市大街全都是靠马吃饭的人，所以大伙儿就集资，修了个马神庙，求马王爷保佑自己平平安安、生意兴隆。这个马神庙原来的位置是在骡马市大街往南走一点，南横街，可惜后来给拆了。

现在您要是想看看三只眼的马王爷，下回去八达岭长城的时候，可以在居庸关下车转转。那地方还有一座保存完好的马神庙，里边供着三只眼的马王爷。

马

聊马，话题太大了，从哪儿聊起呢？咱们就从唐朝的马开始聊吧。

为什么从唐朝的马开始聊呢？因为咱们大部分人最早都是从唐三彩的那个马，才开始了解马的形象的，具体说是唐三彩的仿制品。一般还都是江西景德镇出产的，有大的有小的，有个儿高的有个儿矮的，但是姿势都差不多，就那几种。要不就是站着不动的，要不就撒开蹄子跑的，就那几个姿势。也不贵。80年代那时候，家家都兴摆个唐三彩，觉得挺有文化。

唐朝人好骑马，那时候最热门的项目就是马

球，不光男的打，女的也喜欢。本身唐太宗他就是个马上皇帝嘛，年轻的时候就骑着马，带着秦琼、敬德这几个大将上阵，抡着大刀打天下。李世民一生征战当中总共骑过六匹马，这六匹马全死在战场上。公元636年，大唐贞观十年，唐太宗特意传圣旨，把这六匹马刻成石像以作纪念，放在昭陵随葬，统称昭陵六骏，现在非常有名。这六个马的石像，现在有两个收藏在美国费城宾夕法尼亚大学的博物馆，还有四个在咱中国，收藏在西安碑林博物馆。碑林博物馆那地方也挺热闹，还弄了文化街，专门卖古董古玩，有点现在北京琉璃厂那种性质，有机会到那儿，您可以欣赏一下这昭陵六骏。小时候看多了唐三彩，反正别的不懂，就觉得骑在马上，威风嘛，小孩子，尤其是男孩，都有一个跃马长枪、做威武大将军的梦想，所以看了唐三彩以后就喜欢。真正到我自己开始养马、骑马的时候，才算是把马的概念稍微摸清楚了点——养马也不是那么好养的。

首先给马洗澡，这规矩就挺大。咱们看金庸先生的小说，那些侠客们骑着马住进一客栈里边，都得店小二把马接过去，这位还得说，好草好料给我喂着啊，洗、刷、饮、遛都别耽误了。怎么叫洗、刷、饮、遛？这四个字说起来简单，洗、刷、饮、遛，就这四个字，四个程序，其实麻烦着呢，我这一养马我才知道。这马洗澡跟人洗澡不一样，它还不是说个儿大的事儿，也不是说自己不会洗的事儿。光水冲一下，打上肥皂，揉揉，再把肥皂沫一冲，拿毛巾一擦就完了，这是人。人这么洗澡，马不行。

马为什么叫洗、刷、饮、遛？洗跟刷您听着是一个意思，其实不是一个意思。洗马是洗马，刷马是刷马。刷马怎么刷？刷马是干刷。老年间记载，刷马是用那个锯末跟沙子掺在一块，先在马身上搓，把马的毛下边的脏东西、寄生虫都给搓下来，同时给马起到一个按摩的作用，解痒痒，这叫刷马。现在我们也说刷马，但是我们就不用沙子和锯末了。现在专门有一种刷子，硬塑料的，没有毛，做成凹凸不平的那种，就跟按摩器似的凹凸不平，在马身上使劲儿揉、刷。马好打滚儿，这打滚儿就一身土抖落上去，那毛根底下就掺上泥沙，再搭上马一出汗，就很脏，得把那东西刷出来。

同时，真正刷马那会儿，是跟马产生感情的最佳时刻。一个是给它刷得舒服了，解痒痒了，再有一个在刷马的同时你就得看马的哪块肌肉有伤、哪块骨头有病。您刷到这一使劲，马一疼它就躲了，或者这儿就塌了，您就能感受出来马这块不舒服。真正在给马治病的时候，就会专门地按照这几个重点给它检查、给它治。所以刷马的时候，马最能够和人产生一种沟通，它能够相信你。有经验的人刷马，是这么刷。

刷完了才洗，洗就拿水冲？不行。您要是直接拿水往身上冲，那马一下就病了。马是靠腿走路的，所以它的血管在腿上分布得特别多，走长时间的路以后，马腿上的血管都胀起来，腿上血液循环也加快了，那么洗马的时候先得拿水冲马的四条腿。就像人要降温，弄个凉毛巾塞在胳肢窝底下，这儿的血管分布比较密，通过这儿，让血液慢慢凉下来，马也一样。马是四条腿，拿凉水冲四条腿，慢慢儿地把它走的这个累劲儿缓下来，同时让它心跳的速度也降下来，这样才能慢慢儿往身上边冲，才不至于让马感冒。讲究极了。说是洗、刷、饮、遛，不是那么简单，跟人也不一样。

您现在说伺候马，什么轧草、拌料、喂食、洗澡、饮水这些事我都能自己干，养那么多年了，而且又喜欢，本身干这活就不觉得累，算是个乐。但是唯独有一件事这还必须专业人干专业事，就是给马修脚。当然了，人叫修脚，马叫修蹄。有朋友就问修蹄还有什么难的吗？不就是钉掌嘛！您这真不了解，修蹄是修蹄，钉掌是钉掌。就拿人来说，手指甲长长了，您不得剪一剪吗？有的细致的人还得锉一锉，女孩们还得上点指甲油，马蹄子就跟人的手指甲、脚指甲一样，长长了照样得修。不单得修，还得穿鞋。怎么叫穿鞋呢？就是您说的那个，修完了以后还得钉掌。

您就拿猪蹄子来说吧，我们现在去超市买那猪蹄子，都是加工好了的，回来剁剁您就炖了，以前不一样。以前您要说过节了，这想买个猪蹄子炖了，那买回家的猪蹄子是真杀完猪以后直接从腿上剁下来就给您了，那蹄子上到处都是毛，您再拿火燎，燎不下去，得用镊子拔，弄挺干净。最后一道工序就是拔猪的指甲，就是猪蹄前面那俩尖儿，跟人那还不一样，人那就是扁片儿。猪那是小硬壳，还特别厚，套在猪的脚指头最前面那尖上，这个您就得拿钳子夹住了使劲拔，才能给拔下来，那硬极了。马蹄子也是一样，也是硬壳，而且比猪蹄子那硬壳还厚。那就是马的指甲。

前两天我看了网上的一个消息，说一个人养了一匹小马，好长时间不给它修蹄，马的这个指甲长得也翻起来了，打卷。而且马这个指甲要长长了，对马蹄子的着地角度也有影响。着地角度一影响，就影响了马蹄的骨骼生长，那就畸形了，这马就废了。您看那个慈禧太后，人家留长指甲，那小拇指甲留那么长，还专门弄个套，那是人。而且那还得是慈禧太后，她什么活儿都不用干，专门有人给她保养这指甲。她不剪可以，平常人可不行，马照样是。指甲长了就得修剪，不修剪就对它的生长有影响。

以前专门有给马修蹄钉掌的地方，您像现在咱们一样，现在咱都是开车，马路上就有4S店或者是汽车维修。那时候专门给马修蹄钉掌的，就叫马掌铺，或者叫钉掌铺，这也是三百六十行之一，是正经的买卖。您说车坏了，不修走不了，那马、驴、骡子那时候都是大牲口，都是代脚的，跟现在的汽车差不多。这要出毛病了，照样也得修。找谁修呢？就找这马掌铺。您瞧，您说马、驴、骡子还能坏了？它还能坏成什么样？您想，人的指甲不修，它还容易劈呢，对吧？那马蹄子照样。您想它老在那砖地上、水泥地上蹭，它更容易劈啊，一劈了，它一疼就走不了道了。这时候就得专门找马掌铺给它修，换马掌。这个马掌铺一般都是在街边上，支一个大火炉子，门口还得钉上四根木头桩子。木头桩子干吗呀？那马、驴、骡子来了，有的认生，容易尥蹶子呀，就得把它拴在那个木头桩子的大铁环上，防备它踢人。这在以前是一个普遍的知识。

顺手我再给您普及一下，怎么才能尽量不让驴啊马啊踢着您、伤着您呢？您要说看见一个马好看，我想过去摸摸它，或者我想离它近点儿看看它，您一定记住喽，千万不要从马的后边跟马接触，一定要从马的正面和两侧靠近它。为什么呢？马的视野很宽，能看见180度甚至还大一点的范围，但是只有马屁股它看不见。它看不见，就害怕，所以它感觉到后边有物体接近的时候，就会自动防御。怎么防御呢？就是踢。所以千万不要从马后边向它靠近，想接触的话，就从前边慢慢儿过去。它呢，一般是不怎么怕人，您跟它接触没有问题。所以接触这类大牲口，您一定得记住我这句话。

钉马掌的师傅那时候也专门有扮相，穿着半拉裙子似的围裙，拿着类似于小扁铲的家伙，然后拿着一个小矮凳子，这矮凳子就搁在马身子底下，修哪个蹄子，就把哪个蹄子搬起来搁在这凳子上，然后拿着扁铲往下铲马的蹄子，一片一片给它铲下来。以前传统的修蹄都用这个小铲子，现在有给马修蹄子的专用工具，非常细致，也非常讲究，中国也产，国外也产，各种各样的。给马把指甲剪下来，然后把蹄子里边的角质层、死皮、裂口，棱棱角角的都给它削下来，把马蹄子软的地方硬的地方都修理得干干净净的，然后装上马蹄铁。什么叫马蹄铁？就是马掌啊，就跟马的鞋差不多。您说人的脚有大有小，有穿三十八号的，有穿四十二号的，马蹄子也分大小啊，马掌铺里一般都是一个大筐，或者一大笸箩，里边盛着好些马蹄铁。

马蹄子修好以后呢，工人就按着马蹄子的大小给它找出四副马蹄铁。您说马蹄子跟蹄铁就那么合适吗？也不是那么合适。那但凡不合适怎么办？这时候就用上马掌铺这伙计的手艺了。人家不是旁边搁一大炉子嘛，一般马掌铺钉掌的师傅都会点儿铁匠的手艺，这时候就把马掌搁在炉子那烧红了，烧软了，再按照马蹄的形状和大小，拿锤子敲敲敲，把它那个形找正了、找准了。找得差不多了，然后趁蹄铁还热的时候，做到马蹄子上，然后钉上钉子。这一说又烫、又钉，这马疼不疼？您想啊，您指甲长了，您剪指甲疼不疼？您不是也不疼嘛，它不跟马蹄子上面的肉发生联系，指甲上面没有血管，也没有神经，所以它不疼。而且给马钉这蹄子以后，马还很舒服。

所以说人真正驯化了马以后，他要是骑乘，或者让马拉车、驮物、载重，干这些活的时候，他就给马钉个蹄铁、修修蹄子，来保障马蹄子的健康。人穿鞋，最多一年半两年，少则半年一年，这鞋就得换，马蹄也一样，它也有摩擦啊。一般情况下，马也是隔上三个月半年就得换个蹄铁。您别看那是铁，跟地接触时间长了，摩擦也很厉害，蹄铁也得换。所以过去的马掌铺生意很好，只要有这手艺，开了个店铺，买卖没有不火的。

而且开马掌铺还有一个好处，您不但有手艺就能挣钱，而且修下来的马蹄还能再卖一回。说卖马蹄干吗？养花的朋友都知道，那是一种顶好的肥料。一般家里边种花之前，花盆里搁一层土，找几片修下来的马蹄搁到底下，然后再种花，把马蹄搁底下当底肥用，效果特别好。

有朋友就问了，您不是说马吗？您说半天给马修蹄子，跟开始您说的唐朝的马有什么关系？您别着急啊，关系大了。您家里边要有那种老式的唐三彩的摆件，或者是有机会看看昭陵六骏就能发现，那马蹄子上，它没钉掌。换句话说，唐朝的马可能都是光着脚的，没穿鞋的。所以钉马掌这件事看起来挺简单，仿佛没有什么技术含量，可是从马掌发明到中国人开始普遍给马钉掌，这中间将近用了一千年的时间。

最早给马钉掌的是公元前1世纪的古罗马人，那个年代差不多就是合到中国的西汉那个时候，钉马掌这门技术发明出来以后，就沿着丝绸之路一直往东传，都知道钉马掌了。可是不知道什么原因，传到西域那边以后再往这边就打住了，就不传了，所以一直就没往中国的中原内陆传。

中原地区钉马掌，那是元朝以后的事了。大家都知道元朝是蒙古族建立的，您想蒙古族那离不开马呀，而且特别重视给马做保养，就跟现在开车似的给车做保养，他们也特别重视马的养护。所以从那时才带到中原，汉族也开始钉马掌了。咱平时有句口头语叫光脚的不怕穿鞋的，这句话用在马身上，正相反，光着脚的马就干不过钉了掌的马。这不是瞎说的。

您比如说有名的卫青、霍去病，这俩人有

能耐，把匈奴从中国边上一直给轰到中欧去。据《汉书》记载，汉武帝那会儿，卫青、霍去病率军远征匈奴，总共从全国征调了十四万匹战马，等他们真正凯旋班师回朝的时候，这十四万匹马里边有十二万匹，都是因为蹄子上没钉掌，最后活活给跑废了。您想这要是十二万匹马都钉上蹄子，马蹄都不费，那还了得，卫青、霍去病没准儿直接就撵着匈奴的屁股，一直打到欧洲那边去。所以有人说了，给马钉掌真的用处特别大。

但是要说起来，元朝以前中国人也不是不给马蹄子做保养，只不过他们那时候有点儿凑合，没有马蹄铁怎么办呢？他们想出一主意来，就给马穿木鞋。还有个学名，那时候叫“木涩”，比铁的就简单多了。要不就再简单点，弄点破皮子破布什么的，给马蹄子裹上，反正就这么糊弄。您想想就这么糊弄，那肯定打不过钉铁掌的马呀！在汉朝以后，唐朝人骑着光脚马跟骑着穿铁鞋的马——就是突厥，打了好几十年，最后不是也没能把人怎么着吗？

宋朝呢，宋太祖赵匡胤那会儿御驾亲征，带着二十万大军直接打到幽州城下，眼瞧着就要打赢了，最后不也是因为马不给力吗？这才有了杨家将里说的金沙滩双龙会、老令公碰死李陵碑，最后也是一败涂地，就是因为马的问题，具体说就是因为马蹄子的问题。我们养马都知道马卖四条腿嘛，没有这四个蹄子，马身上的肉一点儿都不值钱。

说到这儿了，您知道这传说老令公碰死李陵碑这地方到底在哪儿吗？就在今天的北京平谷，我们相声里边还经常提，就是丫髻山。丫髻山现在还有李陵碑和苏武庙的遗址。当然了，杨家将这几代人的历史实际上都是改编演绎的故事，咱们不能完全当真的听。这个故事在京剧里边还有一个说法，叫《倒马金枪》。为什么叫《倒马金枪》呢？熟悉杨家将的朋友都知道，杨六郎后来让北国奸细王强给害了，喝了蒙汗药酒了，还落一个后遗症，不省人事。结果寇准就出了个主意，说是必须要这个“雌龙发”，就是萧太后的头发当药引子，才能治好这毛病。谁去呢？大伙都请战，孟良喝大了，糊里糊涂立个军令状，结果也不能不去啊，隐姓埋名混进幽州城，要盗雌龙发。结果幸亏遇上了在北国招了驸马的杨四郎，不光把这雌龙发弄着了，同时还拐走了一匹辽邦的神马。这匹神马的名字叫什么呀？叫作日月宵霜特。

那么这日月宵霜特不是一匹马吗，怎么叫日月宵霜特呀？它长什么样您知道吗？不知道吧？这个东西北京也有。就在我小时候住的白塔寺再往西，阜成门再往西北方向走，大概有十里地吧，现在有个地方叫白云路。白云路那有个白云观，白云观里边有一个老律堂，老律堂的大门口就放着一匹铜铸的“特”，不是日月宵霜特吗？日月宵霜是名字，这个“特”是品种。什么是特呀？中国古代有一种说法，叫千里马万里特，意思就是说特能比马跑得还快，跑得还远，脚程还好，马能行千里，它能行万里，这就是特。有句老话说得好，异人必有异象，这种特就有特异功能，有异象，长得也有点特点。传说当中，它耳如马，面似驴，牛体驴尾。您就明白了，这就是四不像啊。当然它不是四不像，据说这玩意儿真是日行万里，我也没见过。

但是我听过北京另外一种传说，这个传说我相信。刚才我说那完全是神话，这个我是专门听老人说的这么一种传说。什么是特呀？咱们得从头说。马和马交配生马，驴和驴交配生驴，马和驴交配生骡子，这咱们大伙儿都知道。骡子生下来以后，它就是没有繁殖能力的这么一种动物，所以骡子往后它就没有交配生育的这个功能了。但是在遗传上还有这么一个说法，就有的时候，骡子也能生驹子。前两天我看新闻，山东青岛有一个哥们儿养的骡子就生了一个驹子，还当新闻给报道了。现在还有这种事情发生呢，以前能没有吗？据说骡子生下来的驹子就叫特。什么千里宵霜特呀万里独行特呀，以前咱们老的评书里边提到过很多特，这个东西肯定不是空穴来风，真还有这么一种东西。

我听以前老人说，那时候我们胡同里边住着一位刘二爷，他老上茶馆去喝茶，门口就拴了一个特。后来我还专门问，什么叫特呀？老人给我们讲，怎么来怎么去怎么来怎么去，骡子生下来的，这个叫特。这个特首先是特别稀少，第二是相当珍贵。但是最大的一个特点，就是脚程特别好。又快又稳，耐力又强，马的耐力不强，驴的耐力强。马和驴交配生骡子，骡子就是地里干活、代脚啊各个方面都好，所以这骡子才有它的价值。那么您想，骡子生下来的叫特，这个特肯定有它特别好、特别长项的地方。当然了，我这个也不是什么确切的说法，也是老年人给我们的一种说法，一种传说。但是这个特，可能以前民间还真有这么一种东西。

您瞧，聊着聊着，这奇闻逸事就这么出来了。咱不光聊了马，还聊了特。

飞禽馆

燕子

这两天跟网上看见个新鲜事，挺有意思，说的是丹麦，海边上生蚝成了灾，密密麻麻全是，光脚根本不敢跟上头走。

丹麦的生蚝为什么成灾呢？据说是因为当地老百姓不爱吃，生蚝就那么跟海边长着，爷爷到爸爸，爸爸到儿子，儿子到孙子，子子孙孙，无穷尽矣。

这事儿要说起来，也是邪了门儿了。最早新闻好像说过美国那边鲤鱼成灾，后来又说德国的大闸蟹、小龙虾成灾，新西兰的鲍鱼成灾，南非那边海虹成灾，澳大利亚兔子成灾。反正只要是中国人觉得好吃、吃不够的东西，放到国外，差不多都能成灾。

中国人吃的东西确实比洋人杂，尤其南方，更杂，什么都敢吃。我记得80年代刚开始流行吃粤菜那会儿，好多北方人头回听说广州人吃猫、吃蛇、吃老鼠，那都惊了。好家伙，这玩意儿也敢吃？！

这些年各地饮食文化交流越来越多，大伙儿在吃这个问题上，也越来越开放。就拿北京来说，大街上什么口味的饭馆都有，想吃什么东西，只要法律允许吃，您自己敢吃，那就能吃得着。不是有这么句话吗，天上飞的，带翅膀的，飞机不吃；地上跑的，四条腿的，板凳不吃；水里游的，能冒泡的，核潜艇不吃；剩下全能吃。海陆空，一锅儿端。

有首歌怎么唱来着？“生活，它就是这个样儿的，鸡鸭鱼肉咋吃咋有理；生活，它就是这个样儿的，甜酸苦辣，都挺刺激；所以色香味咱们

一勺儿烩，海陆空咱一锅儿端……”（雪村《食全食美》）

大嘴吃八方，吃来吃去，您跟什么地方见过有人吃燕子的吗？最起码，我没见过，也不敢吃。

燕子这种鸟，说起来挺有意思，专爱跟人搅和在一块儿，搭伙过日子。“七九河开，八九燕来，九九加一九，耕牛遍地走。”这句话，只要是中国人，应该都知道。

北京还有种说法，小燕儿搭窝是八九，七九河开，河不开，八九燕来，燕必来。这话说的什么意思呢？七九河开，说的是个大范围。北京的天气冷，就算到了七九，一般也开不了河。可是七九再加一九，八九了，天儿稍微一暖和，燕子准来。

尤其是我小时候住平房，大杂院，院子里老房子的房檐底下，经常就有燕子窝。每年开春，小燕儿从南方飞回来，就开始衔湿泥（都是差不多花生豆那么大、一个一个的小泥球）跟房檐底下垒窝。

北京有个老妈妈论儿，说的是燕子只在好人家搭窝，不进恶人的门。有人说了，燕子怎么知道这家人是好是坏呀？它是搞过外调，还是特意上居委会问过？

燕子肯定不能拿着介绍信搞外调，去居委会人家也不接待。不过老百姓不是有这么句话吗，人有人言，兽有兽语。过去家家户户过日子，都得养点鸡、鸭、鹅什么的家禽。这些活物儿虽说不能说人话，这家人每天的一举一动，它们可全都看在眼里呢。

小燕儿挑地方搭窝以前，得先找这帮坐地户了解情况。比如说，这家养了几只老母鸡。小燕儿飞到地上，叽叽喳喳跟老母鸡一打听，这家人怎么样呀，是好人吗？老母鸡要是说，没问题，你住下吧，这家人不错，忠厚传家久，诗书继世长，一天管我三顿饭，都有虫子。那没二话，小燕儿当时就打开铺盖卷儿，算住下了。

反过来，老母鸡要是说，呦，它燕大妹子，你可别跟这儿住，这家人，那是把缺德搁在小车儿上——忒（推）缺德了，回头弄不好，把你蛋都给掏了。那小燕儿当时就得飞走，再找下家儿去了。

这就是民间流传的燕子的一种传说，我稍微演绎了一下，您听一乐，不能当真。过去还有种说法，叫燕子不进苦寒门。这句话细琢磨琢磨，其实挺有道理。为什么这么说呢？您想呀，燕子跟人搭伙过日子，图的不就是借你的房子遮风挡雨吗？回头这户人家破瓦寒窑的，混得比王宝钏都惨，房子四面透风，赶上下雨天儿，外头下小雨、屋里下中雨，外头下中雨、屋里下大雨，要是下个大暴雨，全家得跑到三环上避雨去。那燕子跑过来搭伙，它图什么呀？

小燕儿都念旧，一旦认准了谁家，除非有意

外情况，这辈子也就都跟这家儿待着了。燕子的寿命在十年左右，有时候老燕子死了，留下的小燕子还认原先的旧窝。跟人一样，父母的房子能继承。

人往下传一代，小燕儿能传十好几代，人住祖上传下来的老房子，燕子呢，住祖上传下来的老窝。那真正叫父传子、子继父，辈儿辈儿的交情。所以唐朝有个叫韦庄的人，才写了这么首诗，好多人上学时候都学过：

前年分袂（mèi）陕城西，醉凭征轩日欲低。
去浪指期鱼必变，出门回首马空嘶。
关河自此为征垒，城阙（què）于今陷战鼙（pí）。
谁谓世途陵是谷，燕来还识旧巢泥。

我住平房那会儿就老能看见燕子垒窝。咱也不知道它是事先算计过，还是画过图纸，垒的那个窝，不知道怎么就那么合适。跟房檐底下，风吹不着，雨淋不着，猫什么的也够不着。

猫这玩意儿，您都知道，登梯爬高儿，上房上树，一门儿灵，偏就拿小燕儿没辙。我小时候，院里房檐底下就有个燕子窝。也不知道是谁家养的只大黄猫，小老虎一样，身量儿比现在的泰迪可能还得大点儿。那猫估计也是闲得没事干，每天都上我们院来，贼着这窝燕子。我呢，更闲得没事，就盯着这只猫，连带那窝燕子。

猫，您甭看，也有智商，主意多得很。今儿是顺着墙犄角儿愣往上爬，明儿是站在房檐儿上，往下伸着爪子够，后儿呢，又改成站在高的地方，往燕子窝那儿蹿了。这猫也真是卖力气，铆足了劲，“噌”一家伙蹿出去老远，结果在离燕子窝还有几厘米的地方，“啪叽”就掉地上了，摔得喵喵直叫唤。

猫拿燕子没辙，人要是想掏它的窝，那绝对一掏一个准儿。我小时候，上树掏鸟窝，是小男孩的重要娱乐活动。您像每年五六月那会儿，麻雀（北京叫老家贼）孵小鸟儿，这时候，就可以上房上树，去窝里掏还没长毛的小鸟儿，回家养着玩儿。

老家贼，您甭看满大街都是，不值钱，气性可大得很。真正那大鸟被逮回来，关笼子里，立马就不吃不喝，活不过夜。小鸟就不一样了，从窝里掏回来，每天给它喂点馒头、米饭、面包虫，拿眼药瓶喂点儿水。谁喂的它，长大了以后就跟谁亲，不用关笼子，人走到哪儿，都跟着，也算个挺好玩的小宠物。

农村小孩逮着鸟，那又不一样了。那会儿农村生活水平不高，小孩平时吃不着什么零食。逮着鸟，带回去，毛拔干净，开膛不开膛都无所谓。趁大人烧火做饭的时候，搁在灶坑里烧熟了，撒点盐，趁热吃下去，也能解馋，就是嘴上得留一圈黑。

说来说去，我小时候，甭管什么鸟的窝，都能掏，唯独燕子窝，动不得。真有那熊孩子淘气，拿着根竹竿捅房檐底下燕子窝，再不就是搬梯子搬凳子，站在上头掏窝里的小燕子，大人没看见也就罢了，但凡看见，肯定是一顿呲。要是自己家孩子，弄不好还得给俩脖儿拐。

有的老人还得告诉小孩说，可不能打燕子，打了燕子，遭报应，回头瞎眼睛。哪怕说燕子窝在房檐上挂着，用手指头指，也不成。用哪根手指头指了，这根手指头过后就得长脓疮。这意思其实也是想把小孩吓唬住，没事别惊扰燕子。

有人问了，燕子，凭什么就有这么特殊的待遇呢？

凭什么？就凭在中国古代神话传说里边，燕子是咱们中国人的老祖宗。这事儿不是我瞎说，您有空翻翻司马迁的《史记》。《史记》开头儿有个《殷本纪》，讲的是商朝的历史。

商朝最早是怎么来的呢？按《史记》的说法，很久很久以前，黄河边上，有那么一位叫简狄的少女，跟俩闺蜜一块儿在河里边洗澡。就在这时候，头顶上喳喳喳喳一阵儿鸟叫，飞来一只玄鸟，跟天上下了个蛋。也是赶寸了，简狄正跟那儿抬着头、张着嘴看呢，鸟蛋不偏不斜，正好掉她嘴里。

普通人吃个鸟蛋，后果最多也就是饱了。简狄不是一般人，吃了这个玄鸟下的鸟蛋，回去就生了个小男孩。这个小孩叫契（xiè，这字当人名，古音就得这么读），后来成了商朝的始祖，创始人。中国历史上就留下个典故，叫玄鸟生商。

秦朝的起源也能跟玄鸟拉上关系。也是很久很久以前，陕西那边有个少女，叫女修。女修倒是没跟河里洗澡，就闲得没事，跟那儿待着。天上飞来只玄鸟，也下了个蛋，正好掉在女修嘴里。女修回去，十月怀胎，生了个男孩叫大业，这个人就是后来秦始皇的老祖宗。

话说到这，有人可能就该问了，玄鸟到底是

个什么鸟？到处下蛋，吃了还就能怀孕？玄鸟其实就是燕子。燕子，各位都见过，从头到脚都是黑的。“玄”这字在古汉语里边就有黑的意思，燕子从头到脚一身黑，古人就管它叫玄鸟。

至于说吃了燕子的蛋，是不是就能怀孕，一怀还就生男孩，那肯定是不行。真要有那么灵，大伙就都养燕子去了，还要医院干什么？古人愿意跟燕子攀亲戚，把燕子当老祖宗供着，就是觉得这种鸟具有一种特别神奇的力量。

古代中国是个农业社会，讲究以农为本，农民种不好地，大伙儿就都得跟着饿肚子。那时候农民种地，没有反季节，没有塑料大棚，完全是靠天吃饭，春种秋收。开春了，天儿暖和了，该下地干活了，这时候燕子就从南边飞过来了。等到秋天，天儿凉了，各种庄稼都长熟了，该收获了，燕子就飞走了。

这事儿要就偶尔那么一次两次的，也没人在意，可燕子年年都这样，比闹钟还准，古人觉得挺神奇。这么一来，燕子在人们心中的地位，那就“噌噌噌”地往上升，没人敢招惹，更别说吃了。

据专家研究，中国神话传说里边的凤凰，最早的原型，可能也是燕子。

直到今天，我老家西安，连带关中平原那一大片地方，每年立春节气，男女老少，都得用绸子做只小燕子，拿别针别在胸前，跟新郎、新娘戴花一样，迎春。云南那边，苗族弄得更热闹，春天有专门的燕子节。

每年春天，好多农民还特意在房檐底下，向阳、背风背雨的地方，钉块小木板，拿墨笔写上“春燕来朝”四个大字。那意思就是告诉燕子，欢迎来我们家搭伙过日子。人家觉得，燕子进家能添福禄寿，能添丁进口，特别吉利。

内蒙古大草原那边，古代按说不怎么种地，可是在蒙古族神话里边，燕子是替人间盗火种的英雄。按蒙古族的说法，人间最早没有火，只有天上的神仙才生火做饭。有那么一天，王母娘娘正跟天上给玉皇大帝做饭呢，吃炸酱面。燕子偷偷溜进天庭，打算替人间偷点火下去。好不容易把火偷着了，王母娘娘也看见了，用手那么一扑，没扑着，燕子还是带着火跑了。可慌忙之中，燕子的尾巴让火给燎了一下。所以现在您看，燕子的尾巴为什么是分叉儿的，中间缺一块？那就是当初替人偷火种的时候，跟王母娘娘他们家煤气灶上给燎的。

要说起来，北京跟燕子的渊源，那不是一般的深。打从根儿上说，三千多年以前，北京是燕国的首都，所以直到今天，还有人管北京叫燕京、燕都。

北京西边的山，那叫燕山。北京特产的啤酒，那叫燕京啤酒。最有北京特色的风筝，那叫沙燕儿。08年开奥运会，五个福娃里边，有一个不就是北京的沙燕儿吗？就连现在北京大学占的那块地方，原先也有个燕京大学。

这还不算完，地道的北京大妞儿，名字里边带“燕”字的，小名叫燕子的，也特别多。最有名的您知道是谁吗？小燕子呀。1998年，《还珠格格》火了，这一火，还就火了二十年。年年寒暑假，电视台必放《还珠格格》，80后小时候就看，到现在，00后还看。

好多人看完《还珠格格》，都觉得小燕子应该是琼瑶阿姨虚构的那么个人物。要说起来，也不完全是这么回事，历史上还真有那么个小燕子。只不过这小燕子的原型，最早是个男的。

北京长安街一直往西走，走到西三环，有个地名叫公主坟。公主坟还有个立交桥，叫新兴桥。这地方不光北京人熟，外地的朋友不少也都知道，因为好多人去北京西站坐火车，都得从新兴桥上边走。

现在您去公主坟那边溜达，新兴桥西北角，人行便道上，有个大理石的清朝公主雕像。雕像大概一人来高，正面刻着“和硕公主”四个描金大字。您要是再有工夫，绕到雕像后头看看，雕像后头还拿小字刻了个故事。

北京民间传说，清乾隆年间，有个满族大官，收养了个汉族的义子，叫金泰。金泰这小伙子挺有出息，能文能武，跟战场上慢慢立功，当到了大将军。正赶上有一年，乾隆的闺女和硕公主出来踏青，跟金泰碰上了，俩人一见钟情。

这事儿按说是个好事儿，可清朝那会儿有个规矩，满汉不通婚。乾隆皇上知道这事儿以后，挺生气，就把金泰罢了官，还给流放了，再不许他回北京城。金泰真是个情种，离开北京没多长时间，就病得不行了，临咽气以前，给和硕公主写了封绝笔信。

没想到公主也是个情种，得着这封信，当场就服毒自杀了。乾隆皇帝落了个鸡飞蛋打，气得钻了牛角尖儿，下令把和硕公主就埋在今天公主坟这地方，金泰呢，埋在香山那边。意思就是说，让这俩人死了也不能在一块儿待着。

话说到这儿，您要问我这故事到底真的还是假的，我可以特肯定地告诉您说，假的，纯粹就是北京的老百姓瞎编出来的。1965年，北京修地铁一号线，有公主坟这么一站，当时就把公主坟里埋着的公主给挖出来了。这地方总共埋了俩公主，都是嘉庆皇上的闺女，跟乾隆一毛钱关系都没有。

只不过老百姓都愿意听故事，不太在乎历史到底是怎么回事，这才编出来个爱情故事。90年代初那会儿，琼瑶阿姨跑到北京旅游，溜达到公主坟那边，也不知道是听哪个北京老头儿、老太太把这故事给唠叨了一遍，来了灵感，这才写出来本小说，叫《还珠格格》。

眼下您去公主坟，那地方算北京特繁华的一个商业中心。可是1965年修地铁以前，公主坟就是片大野地，属于农村，归玉渊潭乡。那时候住北京西边的小孩，都愿意去公主坟玩儿。白天可以跟坟地里逮蛐蛐儿，民间不有种说法吗，住在坟地里的蛐蛐儿特别厉害。晚上呢，可以看电影。为什么非得跑到坟地里边看电影呢？公主坟周边有好多大院儿，当年大院儿组织文娱活动，流行放露天电影。放露天电影必须得找开阔地方，公主坟那边就属这块坟地最宽敞。周围的大院儿，每到夏秋两季，晚上就轮流跟坟地里边放电影，周围老百姓也都免费蹭着看。大夜里的，坐在坟地里边看电影，这事现在回忆起来，也挺哏儿。

离开公主坟，往东南方向走，北京大兴区，离我马场不远，有个地方叫采育镇。采育镇有个地名叫聚燕台，原先就是个高高的黄土台子。这地方为什么叫聚燕台呢？

按老年间的说法，每年阴历七月十五，过了鬼节以后，整个华北地区的燕子，都得到这台子上聚齐儿，一块儿待上两天，开个年会，互相聊聊一个夏天的见闻，说声再见、保重，然后才往南边飞。

熟悉北京的朋友都知道，北京有燕京八景。燕京八景其实还分大八景和小八景，像什么卢沟晓月、西山晴雪、蓟门烟树，全国人民差不多都知道的，都算燕京大八景。燕子每年秋天跟采育开年会，也算一景，属于燕京小八景，叫燕社鸣秋。

这个秋天，您要是有机会去大兴，路过采育镇，不妨找找聚燕台这个地方，看看燕子们是不是还跟那上边集合，开年会呢。

鹦鹉

开春了，天气也暖和了。活力来了，出去踏踏青什么的，也是咱们中国人传统习俗。

前两天我也是，抽出来半天时间，我说出去转转各个公园。我喜欢动物园，就老愿意上动物园去遛去，到动物园看看各种动物。转着转着呢，我就转到养鸟的地方去了。

动物园养鸟跟咱平常家里养不一样，人家都是大笼子，提供一个接近自然的环境，鸟儿在里边舒服。

看着看着就看见鹦鹉了，各式各样的鹦鹉，挺好看！现在的人养鹦鹉的还挺多，因为什么呢？繁殖场。世界各地，包括咱们国内也有鹦鹉的繁殖场了，所以第一，养鹦鹉是合规的、合法的，能繁殖嘛，对吧？每只繁殖出来的鸟，身体上带着芯片，只要一繁殖到第三代，在联合国的动物公约上就已经是可以饲养、可以繁殖、可以买卖的合法的东西了。所以现在养鹦鹉的人越来越多。

其实按照咱们中国的传统，饲养鹦鹉并不普遍。为什么呢？因为它不是咱们国家固有的一种动物，历来咱国家的鹦鹉都是进口的。本身鹦鹉它产于热带嘛！

咱都知道那大金刚鹦鹉，黄的蓝的，要不就红的蓝的，非常漂亮。二尺多长的鹦鹉，一尺多长大尾巴，好看。那都是热带地区的，国外的人养得多，而且有的视鹦鹉为国宝，您瞧多米尼克这个国家的国旗上就有鹦鹉。但是它还真不是多米尼克国家产的，是非洲地区产的。现在哪儿多啊？澳洲多。

所以中国历来养鹦鹉的人少，但是中国古代进贡给皇上，这个很早就有记载了。史书中关于鹦鹉的描写，可以追溯到三国时期，当时有一篇《鹦鹉赋》，专门写的鹦鹉，描写这鹦鹉怎么漂亮，怎么聪明。怎么写的呢？

惟西域之灵鸟兮，挺自然之奇姿。

体金精之妙质兮，合火德之明辉。

性辩慧而能言兮，才聪明以识机。

您瞧，给这鹦鹉多高的评价，又漂亮又能说话，还聪明。所以说三国那个时期咱们就有养鹦鹉的记载了。但是都是有钱人家，甚至就是皇室，才能有养鹦鹉的资格，太少了，老百姓也养不起。所以说那时候很珍贵。

一直到清朝，又有这么个记载。我记得有个电影，这真的假的咱也不知道，就说李鸿章有一天在那吃饭，他一边吃着，旁边有一人就跟他做工作汇报，说现在各地都发生叛乱，国家不安定，而且国外那边还打进来了，管咱们要赔偿，要银子，那港口还要求咱们开放……嚯，国家这么多大事，他这一边吃一边听，也不往心里去。突然外边进了一个小太监，跟这儿报告说，大人，这老佛爷那鹦鹉，有点病，不吃食了。

哎哟，别的他没往心里去，一听老佛爷这鹦鹉不吃食了，“腾”一下就站起来了，赶紧就往老佛爷那跑，去看这鸟去。您瞧瞧，在李鸿章的心里头，这鹦鹉不吃食，比国家发生叛乱，外国人要求开放港口、赔银子，比这些事可大多了。

甭管是真是假，说明他重视老佛爷的鹦鹉，这是真的。甭管是看老佛爷的面子上，还是鹦鹉的珍贵，您瞧这鹦鹉都是第一位的。所以就侧面反映出来，一直到清朝鹦鹉还是皇家的宠物，老百姓还是养不起。因为什么呢？大老远进来的，光路费就得多少钱？费多大劲才能进到这中国来？一般老百姓养不起。

直到现在，各个渠道都方便了，中国也有自己的繁殖场了，这种东西才进入千家万户，朋友们喜欢养的，就都能养了。不过鹦鹉也确实是聪明，好看，机灵。关键在于它会说话，教什么说什么。呵！我在鸟市见过这鹦鹉，会说好几十句话。“你好！”“再见！”“拜拜！”“吃了吗？”这都简单的。那复杂的，会背诗，好几首唐诗。“白日依山尽，黄河入海流”，各种各样的诗。

我还专门看见过一个鹦鹉，太可乐了！别的鹦鹉，学学礼貌用语，背背唐诗，说说平常家长里短的话儿，这都不算稀奇。那天我在鸟市碰上一只鹦鹉，会那么二三十种做小买卖的吆喝！这挺奇怪，周边围着好几十人上百人，跟这儿听这鸟叫唤，太好玩了！后来一打听，养这鹦鹉的人住在排房——以前一排一排的出租房，住在那地方。除了他们家，周边全是做小买卖的在那租的房，所以临出门推着车就开始吆喝，就都让它学去了。当然这鹦鹉太聪明了，听那么一两句就能学会。呵，那天就围了一帮人在那儿听，一会儿锔锅锔碗的，一会儿收破烂的，一会儿焊洋铁壶的，一会儿卖手套的收旧衣服的。嚯，它全行！没有它不行的。

后来我跟那个鸟的主人还聊了几句天儿，我说你们家这地方得多乱啊，全是做小买卖的。哎，它就学了这么一套。但是话说回来，说的话真不少，但这鸟没人买。怎么没人买呢？它没用啊！您说把这鸟挂在家里，天天门口就跟堆一帮做小买卖的似的，您这有啥意思？没人要！

鸟就是这样。你学礼貌用语可以，你学唐诗可以，学家长里短，“吃了吗？”“出去呀！”叫你们家谁的名字，这都行，都是个玩意儿。但是就不能脏口。这个是养鸟的人特别特别注意的一个事情——我说的是养这些会说话的鸟。

会说话的鸟不少呐，除了鹦鹉不是咱国家的，咱国家养的八哥，那也是会说话的啊，聪明八哥学话也不少。以前咱们养八哥的多，后来为什么养鹦鹉的多了呢？鹦鹉好看。那八哥浑身黑了巴唧，就膀子那儿有两块白，全身都是黑的，不好看。所以养鹦鹉的多。

但是一说话就怕脏口，所有会说话的鸟都一样。一骂人，一说脏话，这鸟儿就算废了。那是得废了，拿出去让人一看，这鸟会说话，来："你好！"它骂您一句，您这多难受！替主人得罪人，这事受不了。

我一朋友就养这么一鹦鹉，天天教说话，怎么教都不会。这鸟儿就是这样，它有一种灵气，这种灵气什么时候来了，一下就学会了。这灵气要不来，怎么教都不会。我这朋友也是，下的功夫大了，每天早上蹲到鸟笼子前面就跟它说："你好！你好！你好！"一上午恨不得就这俩字，怎么教都不会，就急了，指着这鸟说："你是不是傻啊！"就这么一句，行了，赶上这鹦鹉灵气来了，就学了这么一句，学完这句，灵气又走了，什么也不会了，再教什么都学不出来了。

第二天这哥们又站在笼子前："你好！"

鹦鹉说："你是不是傻啊！"

也不知道谁傻！

话说回来，这养鸟的人就得有这么一股傻劲儿。说不好听了，叫傻劲儿，说好听了，叫执着。您要真打算让它学点什么，您真得有点这傻劲儿，得下点功夫。您想啊，咱们教小孩，叫一句爸爸叫一句妈妈，您还得费那么大劲儿呢，没有个一两岁还学不出来，还咬字不清，不会叫。更何况鹦鹉，它再聪明，它还能有人聪明吗？所以您真得执着勤奋，老得跟它面前说。

而且这鹦鹉还不是什么岁数都能学，您还真得从小教。

它繁殖出来刚出壳，两三个月大的时候刚一断奶，甚至没断奶的时候，还不会飞呢，您就得拿到家来，天天教它。有朋友说，鸟还断奶？嘿，这您就不知道了，它也吃奶！只不过它吃的所谓的奶，是母鸟吃完食以后从嗉囊里边返出来的这么一股浆水。它不是硬的食了，是半消化的这么一种浆水，喂给小鸟。这个在它们这个行业内就称为奶。所谓的断奶就是能吃整个的咱们喂它的食了，它自己会吃了。从刚一断奶，就要教它。

当然那时候教也不能教它说“你好”，教它唐诗，那也实在是过了！这就跟小孩上学似的，一年级学什么，初中学什么，高中学什么，大学学什么，这也是按部就班，循序渐进的。刚开始您就得逗它出声，甭管叫什么音，叫出什么样来，您就得抚摸它，给它食，好言好语啊，态度和蔼呀，您就得这么鼓励它。

真是这样！您还别以为我跟一鸟我至于态度和蔼、好言好语，它听得懂吗？真听得懂。别的鸟我不敢说，鹦鹉真听得懂。那确实是心里明白着呢。您对它和颜悦色，它的情绪就比较平稳。您对它大吵大喊，它马上就特别紧张。这个它心里有数，要不说鹦鹉聪明呢！

所以说打两三个月起，您就得开始，慢慢地，它只要一出什么声，您就鼓励它。条件反射，它就知道出声好。所谓出声就是叫唤：我只要叫唤，我只要有音，这个主人就喜欢我。慢慢儿它真愿意说的时候，您再教它，简单的一个字的、两个字的，慢慢儿三个字的，成句的，慢慢儿学。鹦鹉聪明。

您也别着急，它本身就是个玩意儿嘛，它又不跟咱们前面说的虫子似的，养仨月一百天就死了，不是。我还跟您说，鹦鹉是长寿鸟，得有多长寿呢？比人长寿。它不是养个一年两年十年八年，据说大的鹦鹉能活个一两百岁，普普通通的一个鹦鹉，也得活到八九十岁。

记得我之前看过一电影，国外的，有一个十岁的小姑娘，家里边给她养了个鹦鹉，是爷爷传给爸爸，爸爸传给她的，老鹦鹉了。这鹦鹉别看老了，它的智力比它十岁的小主人还好，还聪明。后来又养了几年，这小女孩也大了。这鹦鹉就说，我也老了，在你们家待时间太长了，我得回家了，不能陪你了。老来思故土啊，我得回我老家了。小主人一听你愿意回去，那就回去吧！你今年……多大岁数了？鹦鹉说，我八十八岁了今年。哎哟，她说，也是，你回家吧。就把这鹦鹉放了。这鹦鹉自己就回了非洲了。到了老家山上，嚯，美。站在那儿正在欣赏老家的风景，好长时间不见了，正在那儿美呢，突然飞过一鹦鹉来，噼里啪啦就给它一顿打。它说你打我干吗？人说你还知道回来啊？鹦鹉一看是它妈，过来教训儿子来了，出门这么长时间，你也不惦记家。

这虽然是个电影，艺术作品有夸张，但是在这鹦鹉的岁数上还真没夸张，鹦鹉确实是长寿鸟。养着，这一代人都走了，传给儿子，这不新鲜。

以前说养鸟都是老人，现在年轻人也喜欢，鹦鹉就是这种鸟。为什么呢？它漂亮啊！鹦鹉五颜六色，各式各样。刚才咱们说非洲金刚鹦鹉，黄的蓝的，红的蓝的，对吧？那只是一种。还有很多很多品种，葵花啊，紫兰啊，包括最普通的虎皮鹦鹉，就很多毛色。据专家说，除了夜行的鸟是色盲，其他的鸟对颜色都比较敏感，尤其是鹦鹉。它为什么长这么花里胡哨的毛色？实际上也是为了野外求偶用。所以说鸟，尤其是鹦鹉，对颜色很敏感。

尤其到了交配季节，为了吸引异性，鹦鹉的毛色发得就更加的五颜六色，色彩斑斓，鲜艳。真正筑巢要孵化小鸟的时候，为了吸引异性到自己的窝里边来一块儿繁殖小鸟，它本身给自己搭那窝，都是漂亮的。到野外采集各种草、各种花、各种颜色的东西，来搭它那窝。因为本身对颜色敏感，所以它自己的毛色发得也好看。所以呢，现在的年轻人也愿意养。

咱们古代有一个词，叫鹦鹉学舌。您就说了，谦哥您说鹦鹉就是学舌，它有什么聪明的？您说什么它学什么，按着音学，实际上学完了，它也不懂这意思，对吗？这您还真错了。大部分鸟是这样，您说什么音它学什么音，但是鹦鹉还真有自己的思维。当然思维它也不是生下来就有，也是经过条件反射，但是为什么说鹦鹉聪明呢？它时间长了，可以体会到您这一句话的含义是什么。

有很多例子。前两天听过一个新闻——新闻属实性就可靠多了——说国外有这么一家人，天天收快递，一收收好几个。这快递是什么呢？快递就是水果，还都是他们家鹦鹉喜欢吃的水果。这怎么回事呢？查来查去，明白了。这鹦鹉用他们家电话，用语音给下的单，天天下好几单水果给自个儿吃。您说这多瘆得慌啊！当然这都是个例，但也代表鹦鹉确实聪明。它现在能用智能的电话，您说它多厉害。

但是一般的鹦鹉还是学话说，您得碰，碰到真聪明的，教一次就会。您还甭特意教，就外边突然有这么一嗓子，它就学会了，厉害至极。但是您要碰上那不聪明的，这一句话，您反复几个月它都学不会。

碰上真聪明的是真高兴。提溜出去跟朋友们一显摆，一说话，或挂在门口，朋友到家来一碰上，它说：“你好，你好！”

据说四川成都有这么一个人儿，天天泡茶馆。这茶馆老板娘养了一鹦鹉，这位每天进茶馆“你好”，它也“你好”。第二天来，“你好”，“你好”，天天泡茶馆嘛，天天见着，都这句话，问得也方便，回答得也痛快，老板娘也都熟了。突然有一天又到那儿喝茶去了。

“你好。”

“你好！”

“老板娘沏个茶吧！”

老板娘没答应，没言语。

“老板娘哪去了？”

鹦鹉过来了，从那架子上还凑他耳朵边儿上：“打麻将去了。”

这真事，可真不是假的。这都是周边发生的

事情，您说鹦鹉它就聪明到这份儿上，它能知道您问这什么意思，而且它还趴您耳边上说。

这也不是什么光彩的事儿，打麻将去了，您可别说是我告诉您的，就那意思，它就能想这么些东西！据说鹦鹉能够明白人的意思，聪明的鹦鹉差不多能够达到小孩上小学的水平，您说多厉害！所以说现在养鹦鹉的人越来越多，喜欢鹦鹉的人也越来越多。

您呢，如果有机会，有条件，不如养只鹦鹉，甭管大的小的，甭管说话不说话，最起码它跟人亲近度比较高。平常跟您玩儿，平常了解您的意图，都比一般的鸟强。所以养只鹦鹉可能会给您带来挺大的乐趣。

老北京观赏鸽

北京人都喜欢聊天儿。像我们小时候，街头巷尾，聚在一块儿扎扎堆，喝点儿酒啊，喝点儿茶呀，下个棋呀，甭管什么事，嘴里老不闲着。我也喜欢聊，但是我要说从祖籍上来看，不应该算是北京人。从祖籍上，我是西安人，陕西的，但我是在北京生、北京长。

有的时候跟人说这个，他说，嗨，您这就算北京人！您说真正的老北京，咱还甭说再往前倒，就说从三代以前就在北京生活的，现在能有多少人？也没有多少人了。所以您这北京生、北京长，一切的生活习惯各个方面都是接受北京文化的，这就算北京人了。我也不否认，确实是这样。而且我在北京也比较习惯，因为毕竟没有在老家生活过。所以我身上也有很多北京人的生活习惯，有很多老北京的特点。

北京确实是一个特别有特色的城市。城市的风貌呀，人的生活习惯呀，说话的这种语气呀、节奏啊、风格啊，都是跟各地不一样，有它自己的特色。

说到这我又想起个事儿来。曾经有一个国外的电台，拿着非常精密的设备——可能这个话一说起来就得在七几年八几年——到中国来，到了北京。他们想干吗呢？想录一种代表北京的声音。电台嘛，它不是视频媒体，是音频的，所以它录声音。说，哪种声音能够代表北京呢？通过调查，通过跟北京当地的专业部门、对口的部门来一块儿分析——中国人还真没想过这事儿，您说代表北京的特色地标，什么都可以，小吃都成；哪一种声音代表北京呢？就说一听到这种声音就想到北京了——分析来分析去啊，分析到电报大楼的钟声。我说的这是七八十年代啊，我小时候。对电报大楼的钟声，所有人都印象非常深刻，有什么事儿，一听这电报大楼报时的钟声，就都知道了。但最后也觉得钟声不是很能代表。

后来又有人说，就是在清晨，大家都上班的时候，自行车的铃声。其实细说起来也不是铃声，中国是一个自行车大国嘛，那个年代都骑自行车，所以每天到上班的时候，马路尤其是十字路口那儿，等红灯，有的大十字路口，一憋就是一二百辆，甚至三四百辆自行车，就在那儿等红灯。一到绿灯的时候，自行车动起来，那个行进过程的那点声音，就组成了整个这么一个大乐章。不光是铃声，几百辆车呼噜呼噜一骑过来，也发出声音。他们就想录那种声音。嗯，这个呼声就比电报大楼的钟声还高。

到最后有人出主意，这个主意，被所有人都接受了。他说这个电报大楼钟声和自行车声都不能代表北京的声音，真正代表北京的声音是什么呢？是北京上空的鸽子哨。

什么叫鸽子哨啊？有的朋友明白，一说就懂了，有的朋友就不明白。养鸽子的人知道，那时老北京专门有种品系，叫老北京观赏鸽。养这种鸽子的人，在鸽子尾巴上系上一种哨，这哨会发出一种声音，这种声音还挺复杂，这个一会儿咱们再细说。戴上这个鸽哨，鸽子在天上一飞，靠气流冲击这个哨儿，发出一种响声，非常非常悦耳，非常非常和谐，让人一听就有一种特别安详、安静的感觉，所以北京的鸽哨声，他们认为是最能代表北京的声音。这点我是特别特别赞成，不但我赞成，所有人都赞成。到最后，确实这个电台把老北京上空的鸽哨声作为最代表老北京的声音收录进去，并且带回了人家国家。

那咱们话说回来，又聊起这个鸽哨来了。鸽哨声怎么那么好听呢？不知道您听过没听过，您听一听老北京上空的鸽哨声，确实非常和谐，非常悦耳。因为什么呢？因为材质和这个声音的变化。一般什么材质啊？就是竹子的，或者葫芦的，这些东西它质地都不密。您想啊，什么东西质地不密，它才容易产生共振，它才能发出声音。所以这些东西通过风来吹响了以后，能发出很大的声音，而且声音比较柔和。

另外，老北京的这些手艺人们，他们制作鸽哨的时候很讲究。有单眼的，有三眼的、五眼的、七眼的、九眼的。我说的这个“几眼”是代表什么呢？咱们说句比较容易理解的话啊（专业的话咱也不太会说），反正我认为比较准确的是：每一个哨，是一个眼。您要说九眼的，它就是一个葫芦上带着九个发出声音的点。这九个哨，不同的声音。您比如说do re mi fa sol la si do，这才八个。它呢，九个，或者是七个，最多的有十三眼的，发出不同的声音，这是一种和弦。

这一说和弦，玩音乐的或者喜欢音乐的人就懂了。不是什么音节搁到一起听着都很舒服，但这和弦就是这几个音合在一起很舒服，有一种特别丰富的感觉。这和弦，三眼的，三个音组成一个和弦；五眼呢，就是五个音组成一个和弦。所以鸽子哨它在天上，让您听着特别柔和、特别好听。做北京的鸽子哨也非常非常地讲究。这鸽子哨非常轻，它质地不是很密嘛，拿线缝在鸽子后边的尾巴上，由鸽子带着上天——啊，好听极了！

鸽子，那时候是老北京的一特色，所以鸽哨声音——人是录声音的，人没法录这鸽子飞的画面——是代表老北京的声音，但是这鸽子也确实是能代表老北京的一种东西。那时候老说“红墙灰瓦，上空飞了一盘鸽子”，这就代表了老北京的这么一种安详，这么一种慢生活，这么一种状态。确实，这种鸽子的名字就叫老北京观赏鸽，专门形成了一种品系。当然了，这种品系的鸽子跟别的也是一样，都是从原鸽进化演化过来的。

实际上，现在养鸽子、喜欢鸽子的人很多，

但是由于住宅格局的变化，有很多人放弃了养这种老北京观赏鸽——不好养了，它的栖息地发生变化了。以前都是四合院、大杂院，院子里边有鸽棚，老北京管这叫鸽子棚子。现在都住楼房了，所以饲养条件不太成熟（阳台还不够晾衣服的，那怎么能养鸽子呢！），所以大批的人就放弃老北京观赏鸽，专门养信鸽了。信鸽您就可以交到公棚去养啊；再有一个，信鸽它有一个竞翔赛，有比赛的这么一个争强好胜的心理吧，可能也促使人比较喜欢养那个。

再有，养这种老北京观赏鸽的心态，也不具备了。养这种鸽子，它第一不能带来效益；第二，它不能促使人产生争强好胜的这种心态；第三，它得踏实。您得踏踏实实下来养：这种鸽子怎么好看，怎么品评，怎么繁殖，怎么育种，怎么出崽儿，然后这个父母怎么遗传，出来以后怎么好，这个得心静，得踏实下来。咱们现在的人生活节奏太快了，心静不下来，所以呢，也没有这种心态来养这种鸽子。所以都是养竞翔鸽。

但是甭管怎么着了，养鸽子我觉得就挺好。最起码鸽子是象征着和平的嘛，对吧？咱们老说和平鸽、和平鸽，您说这怎么来的？这话就得追溯到《圣经》里边了。有的人说这故事我知道，诺亚方舟。诺亚方舟什么意思呢？就是说上帝啊，对人类很生气，有很多不好的人、不好的习惯、不好的作风、不好的做法，就让上帝很生气，上帝就制造了一次大水，让所有的人都淹死了。有没死的，其中一位做了一条船，一条非常大的船，他就没死。不但他没死，他还把陆地上所有的动物——一公一母，一对儿可以繁殖的，可以繁衍下去的——都留在了这个船上。

这个船就在汪洋的洪水当中漂着，他们得找陆地呀，得生存下去啊，也不能从此以后就在船上过日子了，得找陆地。放出什么去找呢，放出一只乌鸦：你去吧，找陆地，找到了以后给我们报信儿。结果乌鸦一去不复返，就没有回来过。

大家很失望，说还得再去啊，又放出一只鸽子：你去找陆地吧，找着陆地，给我们报个信儿。结果这鸽子放出去，过了一段时间，鸽子回来了。不单回来了，嘴里边还叼着一枝橄榄枝。现在所有的有这个鸽子形象的地方，大部分都是这种鸽子一边飞着，嘴里叼着一枝橄榄枝，这就代表什么呢？最起码代表我找到陆地了，对吗？水里边哪有橄榄枝？那肯定是陆地上有橄榄树，橄榄树上有橄榄枝。叼回来告诉你们，我找到陆地了。这个形象深入人心，所以有很多朋友也知道这个故事。这个故事虽然是《圣经》里边的故事，但是从这儿开始大家对鸽子印象非常好，鸽子象征着和平。最有意思的就是，有时大型的会议现场，庆典现场，也都讲究放和平鸽，呼啦呼啦呼啦，一帮鸽子飞起来，代表和平。

提到放鸽子，那就得说到奥运会，那是最深入人心的、放鸽子的这么一个大会。其实也不是每次开奥运会都放。奥运会开始放和平鸽的这个习惯是怎么来的呢？确实，由于诺亚方舟的传说，鸽子代表和平，所以从第一届雅典奥运会开始，就放这个和平鸽，但是后边就没放。不是哪届奥运会开场，都有放和平鸽的这么一个环节，一直到1920年。在1920年安特卫普奥运会上才正式确定了这个环节，从此以后，每届奥运会开始都有这么一个放和平鸽的环节。顺序是这样的，先是各国选手入场，然后放奥运会的会歌，然后升奥运会的会旗，最后就是放和平鸽。放完和平鸽以后，由这个国家的运动员（一个世界级别的运动员）来点燃奥运圣火。是这么个环节，这个环节的确立是在1920年安特卫普奥运会上。

但是呢，又不得不提到1988年。这中间过了多少年？几十年了啊。1988年汉城奥运会，也在延续安特卫普奥运会定下来的这个环节，放和平鸽。但是这届出事了，您说出什么事儿了？一放鸽子呀，这鸽子飞起来以后，它们有定位系统，然后归巢欲使它们尽快地回到家。要不赛鸽怎么比赛嘛，对吧？就利用的鸽子的这个归巢欲、这种定位系统。但是呢，您说这鸽子让车拉到某地，然后放，它们也没看见这个路，它们怎么定位呢？据说有很多定位方式，有磁场的，还有气味的，还有这个地磁元啊什么的，这个很复杂，咱们不在这多说。但是黑咕隆咚的，从车里边一放出来，它们首先得站在一个地方——我先清醒清醒，我定定位，然后我定好位了，我往家的方向飞——得有这么个环节。所以这些鸽子一放出来以后，它们没有在天空中飞着定位，它们落在一个地方，说清醒清醒定位。落在哪儿了呢？就落在奥运圣火的这个火炬台上。这定位还没定清楚呢，放完鸽子开始点圣火了，哎哟好家伙，这圣火一点起来，当时把落在圣火台上的这些鸽子就都烧死了。

这一下让人感觉——不管是在现场观看的朋友，还是看电视直播的朋友——心里都特别不舒服，这么一种吉祥和平的鸟儿，让圣火给烧了，哎呀就感觉很遗憾，不完美。所以当时有很多人反映，这个环节是不是想个办法，不要这样？所以说从1988年汉城奥运会这个事故以后，奥组委就决定咱们不放鸽子了，这个环节取消，咱们利用一个其他的形式来代替一下吧。从此以后就没有了放鸽子的环节。

其实我觉得奥运会放鸽子那环节还挺壮观的，哈哈！那好几百只、上千只，甚至有时候上万只鸽子，呼啦呼啦一块儿飞出来，就飞向远方，很震撼，很漂亮！但是呢——瞬间就没了。您有时候没看见，一抽冷子，它飞得多快啊！它有时候也不见得非得停在哪儿定位，一下飞出去；有时候在空中盘旋，盘一圈定好位就走了。所以这种壮观的场景啊，转瞬即逝，就没法特别让您能够欣赏个哪怕一分钟两分钟，没有。就这个点儿是比较遗憾的。所以呢，之前我跟朋友一起，养鸽子玩鸽子的时候——在老北京观赏鸽协会，我还是那个协会的形象代言人——我们还想过一个主意，说这种竞翔鸽啊，定完位以后一下就飞走了，转瞬即逝，咱们可以用老北京观赏鸽代替一下。这种鸽子跟竞翔鸽呢，有区别。

有什么区别呢？竞翔鸽的定位系统非常棒，在几百公里、几千公里之内，它们一下就能找到家。老北京观赏鸽呢，这种定位好像不是很好，不擅长长距离飞行，但是，老北京观赏鸽不缺乏飞翔能力，它在家的上空盘旋，这一盘旋、一飞，也能飞个半小时四十分钟，所以它的飞行能力没有问题，也就定位能力稍差。可是这没关系，咱们利用它这个特点，比如说在奥运会场上放这老北京的观赏鸽，让它盘旋在奥运会会场上空，您想盘旋多长时间就盘旋多长时间。我想要十分钟，我就放十分钟，最后一收就能收回来；想盘旋半个小时、四十分钟，那就练去吧。也犯不上盘旋那么长时间，有环节的，但是最起码不像那种竞翔鸽一样转瞬即逝。想到这主意，我们心里特别高兴。那时候我们老北京观赏鸽协会养鸽子也养得多，养一千五百多只。而且呢，老北京观赏鸽，羽色多样，白的、黑的、黑白相间的、红的、紫的、蓝的，色彩多样，放在天上以后也好看。想到这主意，我也挺高兴！

当时就设计图纸呀，驯化呀，正赶上那届是北京奥运会。哎哟，我们说如果要在北京奥运会上，放一个代表北京的观赏鸽，呼啦呼啦一出去，那多震撼！在天空中一盘旋，让所有的外国人一看，这就是老北京的标志，这多有特色啊！想得特别好。后来呢，就联系设计图纸，设计的是用大的拖板车，车上做个鸽子的巢箱，这巢箱做成红墙灰瓦的中国古建筑模式（代表北京嘛），然后鸽子都生活在里边。我们想象的是，鸽子的车在奥运会外场绕圈，然后鸽子在上空飞，随时收随时捞，训练。这个车也设计出来了，也开始训练了。

同时呢，我们还跟大玩家王世襄先生联系。

我近距离接触王先生也只有那么一两面，所以很荣幸参加这个活动，能跟王先生见个面。他可是那时候我们喜欢玩儿的人的偶像啊。老先生一听这个消息，非常非常高兴，特别特别主动，说你们这个活动太好了。本身老先生也喜欢鸽子，尤其是晚年，王先生对其他的也都提不起太大兴趣，人都玩到头了，但是单单对鸽子，还是喜欢。王先生晚年的时候对鸽子是非常感兴趣，提别的都不行，一提鸽子眼睛就亮，跟你聊就开始话多了。先生一听这个特别好，当时提笔就给温家宝总理写了一封信，这封信的题目就叫“让老北京观赏鸽飞翔在奥运会上空”，就给温家宝总理寄过去了。后来我们这个活动的提法，就一直沿用这句话，就叫“让老北京观赏鸽飞翔在奥运会上空”。

王先生这封信，温家宝总理还真接到了，接到了以后还做了个批示，给我们老北京观赏鸽中心回了一封信，就说这个提法很好，怎么样怎么样，申报到奥组委去了。您瞧这个事，眼瞧还真成形了，我们也都挺高兴。后来呢，也不知道具体是因为什么原因，可能人家另有安排吧，最后这个事儿也没有成。但是，我们觉得，毕竟我们付出了一些心血，这实施过程也是非常让人振奋的，而且现在的资料包括那两封信，我们都留着，都有手稿。这个就是我玩鸽子的这么一个过程。

但是就老有人说，哎，你怎么还“放鸽子”啊，你这人就不靠谱。我说您这不了解，这不是那个放鸽子，我们是真放鸽子！有的朋友不知道，失信于人、爽约，它的代名词也叫放鸽子。放鸽子就和这个失信、爽约的意义连在一起了。这个我给您讲讲啊，怎么来的呢？我记得最起码有三种说法。

哪三种说法呢？首先，我觉得最浅显的就来自老北京。那个时候平房杂院，很多养鸽子的人。这养鸽子，弄一个鸽子棚子，里边养上几十只鸽子，早上飞走晚上回来。鸽子有的时候定位很准，就回家了；有时候不准，就落到别人家了。所以那时候养鸽子，没有不丢鸽子的，指不定谁一糊涂就走错门了，那哪儿保得齐啊。所以养鸽子养得再好的，也不能说我从来没丢过鸽子，这不可能。但是有的人就比较文明，逮着别人的鸽子了，喂饱了就给撒了，放回去——你还回自己家吧，你不能糊涂一辈子呀，哈哈，你糊涂一时跑我这来了，我给你放了，你这明白了就回自己家了。有的不文明的呢，逮着好的就自己养了，把膀子一绞，或者有的老北京叫刷棍儿条。什么叫棍儿条呢？羽毛中间它不有一根细的棍儿嘛，这棍儿两边才出来羽毛。他把这羽毛绞了，就留那根棍儿，就叫刷棍儿条，扇不起风来了，飞不了了，所以有的好鸽子就在他的鸽棚里边饲养了，不放回去了。再损点儿的就一摔，摔死吃肉了，这就太差劲了。但是总归来说就是放出去回不来，就爽约，这种感觉。这是放鸽子的一种说法。

第二种说法，这个来自上海。上海在旧社会的时候，发明了一种彩票，名字叫白鸽票，这沾着鸽子了。这种彩票那是纯骗人，不管多贵买一张，这钱不会回来的，没有翻本的机会，也没有中奖的机会，所有人都是买完了钱就飞了，这钱就白花了。所以大家对这种有去无回的彩票，又叫白鸽票，所以最后就叫放鸽子。您这钱买了白鸽票了嘛，回不来了。这个可能是放鸽子的另一个说法。

最后一个就是那纯诈骗，用女色来引诱别人，是一种诈骗手段。这种手段呢，有一个讲法叫放鹁鸽。放鹁鸽实际上最后一说白了，就叫放白鸽，这种诈骗手段很早很早就有。清代学者有一个叫俞樾的，写了一本书，名字叫《右台仙馆笔记》，里边就清楚地记录了一个奇闻异事，专门写了放鹁鸽这个故事来源。怎么个故事呢？就是说在上海的北乡有一个姓黄的，家里太穷了，穷得过不了日子，媳妇就跟他商量，咱得想主意过日子呀。咱家里什么也没有，咱们什么也不会，也干不了别的，做不了买卖。你呀这么着，你把我给卖了，卖点钱，我就跟别人过日子去了，你拿着钱等着我，我跟别人过两天我就找你来，咱俩拿着钱就跑了。他一听这行啊，这主意不错，对吧？把媳妇给卖了，卖笔钱，然后媳妇到别人家过两天再跟我跑，我们再找个地方。这多好啊，又有钱了。结果就听了，找了个有钱的人家，把媳妇给卖了，然后拿钱就等着。左等也不来，右等也不来，最后就去找媳妇，就偷着说你怎么不回来了？媳妇说这家挺好，哈哈！打穷家过到富家去了，那可不挺好吗？吃得也好，穿得也好，住得也好，对我也不错，说我不走了。就不走了？对！说你拿着钱，你走吧，我就跟他过了。就这么个故事，把媳妇放出去，没回来，这叫放鸽子。

但是虽然说有这么一个不好的意思，也只是个意思，那老北京还是喜欢鸽子的人多。老北京养鸽子，最起码从明清开始就有了，而且慢慢地研究，定向培养一些，民间的饲养专家们通过各种手段来研究、定向、繁殖，到最后形成了现在的老北京观赏鸽这么一种品系，有了它的品评标准，非常非常好，仔细。京师之地嘛，那时候养鸽子成风，您走在大街上，老能看见天空飞了一盘鸽子，传说故事也非常多。宋庆龄先生就喜欢鸽子，一生喜欢老北京观赏鸽，而且特别中意其中一个叫紫乌头的品系。宋庆龄先生到国外访问都带着自己的鸽子，一时一刻离不开，就这么喜欢。困难时期自己的粮食不吃，把粮票就给自己养鸽子的把式。为什么给他呢？你吃饱了，你别偷我鸽子的粮食，你让我鸽子也吃饱了。哎呀，这东西玩儿得上瘾。

老北京的院子里，那时候大杂院嘛，您不喜欢，他喜欢啊——总有这大杂院标志性的一个建筑，就是院子里边有个鸽子栅子，养了点鸽子，一进院就听见鸽子咕噜咕噜咕噜这么叫。这还挺有讲究。首先鸽子栅子在院里通风采光，这基本条件您得具备。再有这鸽子栅子，绝不能在院子中间和正房房门形成一条直线，这不成。那时候风水学讲的是，这和正房连成直线，压主人风水。所以鸽子栅子一般在前庭跨院，要没有跨院呢，它在这院子里也得斜着点，把着一个角，阳光能晒着，能过风，但是它不能在正中间，这都有讲究。

训放也是，每天早晨几点、怎么喂飞得有劲，这一飞多长时间，怎么带小鸽子，都是特别讲究特别细致的。所以那时候走在大街上，平房外边儿，有的走到胡同里，您总能看到一个小伙子，站在那个房上，拿着一根竿儿，竿儿上拴着一红绸子，跟那儿轰，这就叫训放。您说竞翔鸽讲训放，这老北京观赏鸽也讲训放，您要告诉它，这竿儿一挥就得起来了，竿儿一倒就可以落了，这是一个飞行习惯，所以叫训放嘛，是一种训的过程。飞，刚才咱们说了，有飞得好的，那就有飞丢了的，实际上这个才是最考验人的心态的。有的人养鸽子就不飞，不飞那多没意思？是，那人说了，这么养着是没意思，那也比丢了强！

那时候鸽子也不便宜呢，我记得我小时候第一对老北京观赏鸽，那是用了五块钱搭上十斤粮票，换的这么一对，这对鸽子叫“点子”。那时候一家一个人挣钱，工资也就是三四十块钱。您买一对鸽子五块钱还加上十斤粮票，粮票也是很宝贵的呀，这就不便宜。一直到现在老北京观赏鸽也不便宜。您说飞到天上去，那有的朋友跟我说，我不飞！这不是满天飞票子吗？这一下多少钱在天上，提心吊胆的，我就这么看挺好。那按照我觉得，您不飞就确实差点儿，是吧？但是呢，您飞的话，好看，痛快，这就得冒险。就这种冒险、这种提心吊胆，在我来看实际上才是一个上瘾的环节。您就是这种揪心挠肺，抓心挠肝，就这么着，再看它回来不回来，这要回来了，哎呀这种成就感，让您心里痛快，这是您训练的结果嘛。它要真没回来，出去找去啊，这个揪心啊。整个的寻找过程，也是很特别的。到最后有结果了，好结果让您欣慰，坏结果让您遗憾，就是这种心理的波动加深了您对它的感情。这是一个特别重要的环节。所以我养鸽子永远是放，哪怕飞了呢，它就该不是我的，但是我也放，体会这么一个心动的感觉吧。

关于老北京观赏鸽的品评，也有自己的标准。它不像信鸽那么细致，也没法通过那种真正的竞赛，说结果出来好就是好。这个东西，就有点艺术的性质了，有点写意，没有一个特别固定的品评标准：这东西好，那就是好。不是。它还有一个个人喜好的问题：您喜欢什么，就是好；我不喜欢，那就是不好。是这样。

但是也很讲究。从头，这眼睛、鼻子、嘴，

到身上毛色、爪子、翅膀，都有标准。这个养殖，也是一个特别大的工程。所以老的养鸽子的玩家，都是遗传学上的半个专家吧。

现在呢，养观赏鸽的确实少了。真正老北京观赏鸽繁荣的时候，有很大一个群体在玩。现在呢，玩这种鸽子的人少了，但是民间还是有大量的喜爱老北京观赏鸽的人，民间也存着很多的老北京观赏鸽的精品。

老北京观赏鸽我从小就养，一直到现在，无时无刻不陪伴在我身边。长这么大，这么多年，身边永远有鸽子。您说养猫有时候断了，养狗有时候断了，鸽子永远在我身边。我喜欢马，喜欢鸽子，这两样是特别深爱的东西，所以它们一直陪伴着我。

游客注意

蚊子

先给大伙儿讲个发生在北京鼓楼的怪事儿。

这事儿说起来，差不多得有六七十年了，是个夏天，七八月份。某天晚上，太阳刚一往西边落，要下山的时候，就看见鼓楼顶上“腾”的一下，起来一股子大黑烟，少说得有十来米高。周围的老百姓一看，鼓楼着火啦！这哪儿得了呀，赶紧叫消防队吧！

古建筑着火，不是小事，消防队得着信儿，马上就来了。没想到，消防员铺好了水带，吭哧吭哧爬上楼去，发现，咦，没着火呀？当时消防队也没说什么，收拾东西，就回去了。

第二天，还是那个时间段，鼓楼又着火了，消防队赶过来一查，还是没火。就这么着，连着折腾了好几回，整个北京城就嚷嚷开了。中国老百姓，有这爱好，就好传个闲话儿，有点儿什么事，传得快着呐。鼓楼无缘无故冒烟这件事，传来传去，传得就没边儿了，说什么的都有。

有关部门听说这件事，赶紧就派专家调查。这一调查又是好几天，总算查明白了，鼓楼冒烟这件事跟着火没关系，更不是什么怪事。说来说去，您猜怎么着？就是几只蚊子闹的。

那位说了，你这纯粹就是满嘴跑火车，蚊子能闹出那么大的动静？这事真不是我瞎说。鼓楼冒烟，这件事可都白纸黑字写进最新的北京地方志了。前几年有部电视剧《金水桥边》，也讲过这个掌故，感兴趣的朋友，可以把这电视剧找出来看看。

要说起来，当年这事也是赶寸了。蚊子这种昆虫，天生对黄光特别敏感，尤其是公蚊子、母蚊子谈恋爱的时候，专爱找有黄光的地方。鼓楼，好多朋友都去过，虽说顶儿上铺的不是黄琉璃瓦，可是每天傍晚那会儿，让夕阳一照，就反射黄光。蚊子就组团上那儿相亲，谈恋爱去。

鼓楼的房顶每年其实都是蚊子们约会的地方，就是以往没那么多，不显眼。为什么说那年赶寸了呢？那年正好是北京集中整顿市容卫生，鼓楼边上的什刹海清淤，水差不多都给放干净了，就薄薄地剩那么一层水，下边全都是淤泥。

蚊子这东西，您知道，喜欢有水的地方。深水、活水不长蚊子，就得是浅水、死水，所以那年什刹海的蚊子特别多。这帮蚊子，每天晚上扎堆儿跑到鼓楼谈恋爱，然后再回什刹海培养下一代。就这么着，循环往复，越来越多，最后弄出来鼓楼冒烟这么个怪事。

要说起来，蚊子跟地球上混的资格，那可比人老得多。目前全世界发现的最古老的蚊子化石，在南美洲。这只蚊子生活在白垩纪晚期，距今大概有七千万年，长得蜻蜓那么大，嘴跟针头似的，不过，那个时候还没有人类，它吸谁的血啊？

当然是恐龙血啦！

上世纪90年代时，美国大导演斯皮尔伯格拍的科幻片《侏罗纪公园》，讲的就是白垩纪那会儿，有只蚊子吸完恐龙的血，给包在琥珀里边了。好几千万年以后，科学家把这块琥珀从地底下刨出来，就靠蚊子肚子里的这点血，用最先进的克隆技术，把恐龙给复活了。您还记得电影开头，挖琥珀的地方在哪儿吗？就在南美，后来电影里边养恐龙那岛，也在南美。

话说到这，我这脑洞突然就开了一下。您说恐龙这玩意儿，它分血型吗？比如跟人似的，分A型、B型、AB型、O型？那位说了，你吃饱了撑的，琢磨这个干什么？这事也不是我瞎琢磨，咱们平时不就老说，特定血型的人特别招蚊子吗？恐龙是不是也一样呢？

再不就是特定品种的恐龙更容易招蚊子？比如说，蛇颈龙是不是比霸王龙容易招蚊子，身上叮的包多？为什么这么说呢？您小时候有没有看过一部日本的科幻片《恐龙特急克塞号》？里面那些蛇颈龙不是老跟水里泡着吗，水边的蚊子多呀。这事儿细琢磨起来，其实挺有意思。

哪种恐龙更容易招蚊子，这问题咱们先搁在岸上，回头再研究。哪种血型的人更容易招蚊子，这事可是已经掰扯好多年了。最早好像说是B型血最容易招蚊子，原因是B型血有种特殊的味儿，人闻不见，蚊子离老远就能闻见。酒香不怕巷子深，蚊子吸血，跟人喝酒一样，就偏爱喝这个香型。后来又有人说，应该是A型血，蚊子最喜欢喝，据说是A型血里边什么营养成分特别高，蚊子喝了大补。说来说去，各有各的道理。

日本人性子轴，没事好较真儿。专门搞了一期综艺节目，就叫“蚊子最爱的血型人体试验”。找了四个漂亮大姑娘，A型、B型、AB型、O型，四种血型。拿抄网抄了一玻璃缸蚊子，让这四个大姑娘，每人把一条胳膊伸到玻璃缸里边，蚊子吃自助餐，随便挑着喝，比谁身上叮的包多。最后就发现，O型血那大姑娘身上包最多；B型血排第二；AB型，就是混合香型的这种，排第三；A型，排在老末儿。

要我说，日本人搞的这试验，还是有疏漏。什么疏漏呢？没考虑到每种血型还分RH阴性和RH阳性，所以说，这个试验要想搞得准确，有权威性，最起码应该找八个大姑娘。有人问了，你也没学过医，怎么还知道个阴性、阳性？

咱们不老说，相声演员的肚子是杂货铺嘛！干我们这行的，什么都得知道点儿。血型分阴性、阳性这事，从根儿上说，最早也是日本人普及到中国来的。您还记得80年代，家家户户刚买电视那会儿，电视台播的日剧叫《血疑》。《血疑》里边山口百惠演的那个大岛幸子，后来查出来得了白血病。得了白血病，得去医院配型，换骨髓，没想到验血发现父母敢情不是亲生父母。这电视剧后来给中国人留下俩“后遗症”。一个是好多人记住个RH阴性、阳性，想象力再丰富点儿的，就怀疑自己不是父母亲生的，偷偷跑到医院验血。还有好多人看完这电视剧，让白血病给吓出心理障碍了，每天撸胳膊、挽袖子地找，找有没有皮下出血点。

可是您说这世界上，有没有一辈子从来没挨过蚊子叮的人呢？

普通老百姓就不说了，皇上怎么样？照样也挨蚊子叮。您看现在古装剧，皇上身边的太监手里都拿着个带长毛儿的棍，文言叫拂尘，老百姓俗称苍蝇甩，那玩意儿夏天就是给皇上轰苍蝇、轰蚊子用的。

饶是这么着，还是有漏网之鱼，皇上也躲不过蚊子叮。最有名的，康熙皇帝，三十九岁那年让蚊子给咬了一口，得了疟疾，打摆子，差点没把命给丢了。就在这个节骨眼儿上，来了两位法国传教士，给他吃了洋人最新发明的金鸡纳霜，这才治好了病，保住了命。要不甭说向天再借五百年，五年也不见得坚持得下来。

有人问了，金鸡纳霜是个什么玩意？这东西就是现在说的奎宁，治疗疟疾的特效药，是从奎宁树的树皮里边提炼出来的，吃在嘴里特别苦。您要想知道奎宁是个什么味儿，也容易，超市就有卖奎宁水的，又叫通宁水。洋人最爱喝这个东西，拿它做鸡尾酒。

奎宁树原先就长在南美洲，别的地方都没有，最早只有南美洲的印第安人知道奎宁能治疟疾。人家把这事儿当成自己部落的最高机密，谁敢说出去，那就杀无赦。所以哥伦布发现美洲以后将近三百年，欧洲人都不知道奎宁治疟疾这个事儿。

直到17世纪，当时秘鲁是西班牙的殖民地。有个西班牙伯爵叫奎宁，带着自己的老婆，跑到今天秘鲁的首都利马当总督，没想到媳妇让当地蚊子给咬了一口，得疟疾了。所幸伯爵夫人这人不错，平时对下人挺厚道。他们家有个印第安女仆，眼看着伯爵夫人病得要死，心里不落忍，就偷偷拿奎宁树的树皮给她治病。

伯爵以为这女仆要害他老婆，揪着脖领子，照死了一通问，这才知道奎宁的秘密。从那以后，欧洲人才有了治疟疾的特效药，欧洲的植物学家为了纪念这位伯爵夫人，就给这种能治疟疾的树起名叫奎宁，金鸡纳的药名其实也是按“奎宁”这个发音音译过来的。康熙皇上运气真是不错，刚得了疟疾，立马儿赶上这班车了，要是再早几年得病，那都没治。

康熙皇上打摆子的这个时间往前倒一千多年，东晋时期，中国其实也有治疟疾的特效药。什么药呢？我一说，您准知道，这个药叫青蒿（hāo）素。东晋有个半是大仙儿半是大夫的人，叫葛洪，他写了本《肘后备急方》。这本书记载了一个治疟疾的青蒿方，主料就是青蒿榨的汁。不知道为什么，后来一千多年的时间里边，再没人用过这个方子。直到70年代，咱们国家得诺贝尔奖的著名科学家屠呦（yōu）呦，才带领科研团队，按照这个方子，提炼出了青蒿素。

康熙皇上打摆子以前，中国没有进口的奎宁，自己发明的青蒿方又给忘了，得了疟疾，只能是傻小子睡凉炕——全凭火力壮，硬扛着。体格好的，也能凑合一辈子，就是时不时地忽冷忽热。体格不好的，折腾几年，也就挂了。

这个事不是我胡说。您看《三国演义》里边，诸葛亮南征孟获，蜀军从四川过了泸水，就是今天说的金沙江，到了云南那边，孟获的影儿都没见着，就死了好多人。按《三国演义》的说法，诸葛亮他们是遇到了瘴气。

什么叫瘴气呢？有两种说法。一种说法就是中国南方气候潮湿，古代那会儿又地广人稀，深山老林里边好多植物、动物死了以后，常年没人收拾，腐烂变质，起了化学反应，冒出来的那么一股毒气。还有一种说法，瘴气其实就是蚊子。咱们开头儿讲鼓楼冒烟的时候说过，蚊子多了，聚成了群，远看过去，黑压压的就是一股烟，古人管这个叫瘴气。

蚊子本身就能咬死人。老年间，土匪有种刑罚，就是把人的衣服脱光了，荒郊野外，找棵树绑上，随便让蚊子叮。有人说，受这种刑的意思是蚊子叮完了，满身包，让人活活痒痒死，那是胡说。受蚊子刑的人，最后都是失血过多，休克死的。

为什么说是失血过多死的呢？您琢磨琢磨就能明白。正常人被捆着，身上叮着一大群蚊子，本能的反应肯定是来回鼓涌，把蚊子轰走。这么一来，反倒坏了菜了。为什么呢？这拨蚊子本来已经吃饱了，跟您身上就是休息休息，消化消化食儿。您来回一鼓涌，这拨吃饱的飞了，等于是给饿着的腾地方了。这么着，饱的走，饿的来，流水作业，最后真能把人的血活活给吸干了。

云南的蚊子自古咬人就厉害，眼下还有这样的说法：云南八大怪，三个蚊子一盘菜。当年诸葛亮南征孟获，怕的还不是蚊子咬人，是咬人以后传染的疟疾，这就是古人说的瘴气。现在您去翻中国历朝历代留下的古籍，但凡提到南方，肯定躲不开瘴气这两个字。

直到清朝，金鸡纳传入中国以前，读书人科举应试，考上官了，一听说分配的工作在南方，当时恨不得就能哭出声来，有的上任以前先得写遗书，弄得跟上刑场似的，主要怕的就是南方的瘴气。

不光中国人有瘴气的说法，洋人也有。懂英语的朋友告诉我说，疟疾（malaria）这个单词在古英语里边，原先是两个单词拼起来的。前一个是“坏”的意思，后一个是“空气”的意思。“坏”加“空气”，合起来不就是中国古代说的瘴气吗？洋人当年比咱们强不了多少，欧洲没有云南那样的热带原始森林，可是沼泽地多，他们最早就认为疟疾是沼泽地上边的瘴气引起的。真正发现蚊子咬人传染疟疾，那是19世纪以后的事儿。

诸葛亮神机妙算，前知五百年，后知五百载，碰见这个瘴气也是没辙。按《三国演义》里边的说法，蜀军是五月渡泸，深入不毛，正赶上蚊子多的时候，可得蜀军疟疾大流行。诸葛亮实在没办法，只能原地歇兵，等。等到蚊子少了，再跟孟获开战。

南征孟获再往后，六出祁山，诸葛亮星落五丈原。民间主流的说法，诸葛亮最后是活活累死的，所以才留下“鞠躬尽瘁，死而后已”这么个成语。不过也有医学专家研究，诸葛亮实际可能是死于疟疾。这个疟疾就是南征孟获那会儿，让云南的蚊子咬了，得上的。要不是因为得了疟疾，诸葛亮也不会死得这么早，三国那段历史就有可能改写。

不光诸葛亮死于疟疾，《西游记》里边的唐僧，可能也是死于疟疾。唐僧是明朝的吴承恩虚构出来的，可是现实里边也有玄奘法师这么个人物。现在您去西安，大雁塔底下就立着他的铜像。

玄奘法师总共活了六十二岁，在古代也算不上高寿。据他的徒弟留下的书里边记载，玄奘法师自打西天取经回来以后，就频发寒热症，打摆子。这个疟疾就是因为取经路上遇见瘴气，让蚊子咬出来的。现在还是这样，您去越南、老挝、柬埔寨这些国家，出国前都得去卫生部门打防疫针，那叫出国免疫。

《三国演义》和《西游记》的主角都能跟疟疾扯上关系，《水浒传》里边也有。您还记得宋江跟武松第一回见面那桥段是怎么写的吗？说的就是宋江怒杀阎婆惜以后，刺配江州，走到小旋风柴进家。柴进设宴款待，宋江喝酒走肾，打算出去方便方便。偏赶上武松打摆子，拿铁锹铲了锹烧红的木炭，猫在旮旯里烤火。宋江没留神，一脚踩在铁锹把上，火灰溅了武松一脸。武松吓得一激灵，病好了。

《红楼梦》里边有个薛蟠，薛宝钗的哥哥，唱过首《蚊子曲》：“一个蚊子哼哼哼，两个苍蝇嗡嗡。”曹雪芹的爷爷，本身还就死在蚊子手上。

那是康熙皇帝打摆子二十年以后，曹雪芹的爷爷出任江宁织造。江宁织造，办公地点在今天的江苏南京，蚊子也多。曹雪芹的爷爷上任没多长时间，就让蚊子给咬了一口，得了疟疾。康熙皇上跟北京城得着信儿，八百里加急，派人骑着马，给曹雪芹他爷爷快递自己吃剩下的金鸡纳霜。没想到药还在路上，人就没有了。

曹雪芹的爷爷死了以后，曹家家道中落，这才有了曹雪芹“满纸荒唐言，一把辛酸泪”，写出了奇书《红楼梦》。要不是当初那只蚊子，曹雪芹没准儿就是个普通富二代，糊里糊涂，混一辈子，也就写不出来《红楼梦》了。

（全书终）

于谦

中国铁路文工团相声演员，德云社成员。

1982年考入北京市戏曲学校相声班学艺，在校期间曾跟随相声名家王世臣、罗荣寿、高凤山、赵世忠学习，1985年拜师石富宽先生。1995年毕业于北京电影学院影视导演系。

2002年起与郭德纲合作表演相声至今。

于谦动物园

产品经理：	王　胥	封面设计：	付诗意
	施　萍	营销经理：	班　欢
技术编辑：	顾逸飞	特约印制：	刘　淼
产品监制：	贺彦军	策 划 人：	吴　畏

图书在版编目（CIP）数据

于谦动物园 / 于谦著. -- 杭州 : 浙江文艺出版社，2020.3（2020.5重印）
ISBN 978-7-5339-5910-4

Ⅰ. ①于… Ⅱ. ①于… Ⅲ. ①随笔—作品集—中国—当代 Ⅳ. ①I267.1

中国版本图书馆CIP数据核字(2019)第275051号

于谦动物园
于谦 著

责任编辑 金荣良
封面设计 付诗意

出版发行 浙江文艺出版社
地 址 杭州市体育场路347号 邮编 310006
网 址 www.zjwycbs.cn
经 销 浙江省新华书店集团有限公司
果麦文化传媒股份有限公司
印 刷 北京盛通印刷股份有限公司
开 本 1092毫米×787毫米 1/32
字 数 107千字
印 张 8.25
印 数 55,001—65,000
版 次 2020年3月第1版 2020年5月第3次印刷
书 号 ISBN 978-7-5339-5910-4
定 价 39.80元